KB242912

느린 시간의 선물

나남
nanam

구영회

33년의 방송인 생활을 마친 뒤, 지금은 지리산 자락 허름한 구들방에서 혼자 지내며 제 2의 인생을 살아가고 있다. 《지리산이 나를 깨웠다》, 《힘든 날들은 벽이 아니라 문이다》, 《사라져 아름답다》, 《작은 것들의 행복》, 《가끔은 고독할 필요가 있다》, 《가장 큰 기적 별일 없는 하루》, 《살면서 가장 아름다운 자리》, 《강 건너에는》, 《느린 시간의 선물》 등 아홉 권의 산문집을 펴냈다.

느린 시간의 선물

2026년 4월 15일 초판 발행
2026년 4월 15일 초판 1쇄

글·사진   구영회
발행자   趙相浩
발행처   ㈜나남
주소   10881 경기도 파주시 회동길 193
전화   (031) 955-4601 (代)
FAX   (031) 955-4555
등록   제1-71호(1979.5.12)
홈페이지   http://www.nanam.net
전자우편   post@nanam.net

ISBN   978-89-300-4228-4
           978-89-300-8655-4 (세트)

책값은 뒤표지에 있습니다.

지리산 인생길의 아홉 번째 사색

느린 시간의 선물

글 · 사진
구영회

나남
nanam

나답게 산다는 것

몸의 세월은 개여울보다 빠르다. 몸의 시간은 지리산에 있든 서울에 있든 마찬가지로 쏜살처럼 흐른다.

마음속 시간은 섬진강처럼 더디게 흐른다. 점점 그렇게 닮아 간다. 자연을 닮아 가는 일은 나의 의지가 계획한 바 없는 오래된 축적물이다.

몸이 늙어 가는 것은 어쩔 수가 없다. 하지만 마음마저 늙어 가는 것은 받아들여지지 않는다. 가슴속에 아직 멈추지 않는 박동을 느낀다.

일상의 순간순간은 현재진행형이면서 동시에 시시각각 과거에 떨어진다. 모래시계처럼. 순간들의 다른 이름은, 벌써, 금세, 어느새, 눈 깜짝할 사이다. 새해 해돋이 마중을 한 게 엊그제 같은데, 어느새 달력 열두 장 중에 첫 장이 찢겨 나갔다.

내가 지리산에서 지내는 모습을 누군가 다른 사람이 강 건너에서 쳐다본다면, 한낱 시골살이에 지나지 않을 것이다.

33년에 걸친 방송사 생활을 끝마친 불과 사흘 뒤에, 퇴역이라는 두 글자를 이마에 달고 기다렸다는 듯 곧장 지리산에 내려왔다. 이 일을 두고, 주변 사람들은 갑자기 180도 바뀐 엉뚱한 행동으로 여겼다.

그러나 나의 뿌리이자 부모님의 고향인 이곳 구례를 망설임 없이 택한 속내는 그런 게 아니었다. 나를 이 세상에 데려다 놓고 오래전에 알 수 없는 곳에 먼저 떠나신 두 분을 뵈러 내려온 것이었다.

두 분에게서 이어받은 내 영혼의 DNA가 그렇게 했다. 부모님이 살아 계실 적엔 날마다 뵙지 못했다. 이젠 날마다 두 분의 자취가 묻어 있는 들판 사이를 오르내릴 때마다, 어김없이 부모님이 떠오르는 것이 일상으로 자리 잡았다.

부모님의 떠남은 영락없이 그리움으로 환치되었다. 떠나간 영혼의 냄새를 남겨진 영혼이 감지할 수 있다는 것은 놀랍다.

세계적으로 유명한 정신과 의사였고 호스피스 운동의 선구자였던 엘리자베스 퀴블러로스 Elisabeth Kübler-Ross가, 그녀의 마감이 임박했을 때 유언처럼 남긴 말은 인상 깊다.

"죽으면 은하수에 가서 춤추고 노래하며 놀고 싶어요."

믿기 어려운 환상 같지만, 그것을 고작 환상이라고 단정할 수 있는 사람은 아무도 없을 것이다. 살아 있는 사람은 죽음을 경험할 수 없으니까.

그녀가 생전에 오랜 세월 동안 매진했던 의학자로서의 주요 연구는, 의학적으로 분명히 죽은 사람이 다시 소생한 세계 각국의 사례를 일일이 직접 찾아다니며 인터뷰한 일이었다.

그녀는 소생자들의 공통점을 찾아냈다. 육신을 벗은 직후 그 영혼들은 '가드 엔젤'이라는 안내 존재를 따라 눈부시게 찬란한 '빛 속으로' 향했다는 점이었다.

사람의 나이가 80대 중반에 이르면, 아무리 건강하게 오래 살았더라도 '생리적 철수' 현상이 닥친다고 한다. 몸이 회복력을 잃고 포기에 가까운 상태로 접어든다는 것이다. 생명의 본능은 생존하려는 것임에도, 생존 자체를 놓아 버린다는 것이다. 이른바 '백 세 시대'라고 하는 요즘 세상에 이를 믿고 싶지 않은 사람도 꽤 많을 것이다.

그런데 사람에 따라 '사는 방식'에 의미를 두는 경우에는, 장수할 가능성이 높다고 한다. 건강관리와는 전혀 관계없이,

아침에 눈을 떴을 때 새롭게 살아갈 만한 '소소한 의미'가 작동하는 사람일수록 그렇다는 것이다. "강변에 매화가 피었다니 가 봐야겠다", "오늘 그 친구를 만날 곳이 버스 정류장이었지", 이렇게 말이다.

프랑스의 어느 숲에서 걷기 명상을 다양한 사람들에게 가르쳤던 베트남 출신 평화주의자 승려 틱낫한釋一行은 몇 해 전 고인이 되었다.

생전에 그는 숨 쉬는 폐가 바이러스에 감염돼 피를 토하는 극심한 고통을 겪다가 다행히 회복했다. 그가 회복 후 했다는 말은 이렇게 전해진다.

"매 순간 숨 쉴 때마다, 숨이 이렇게 맛있고 기분 좋다니!"

당신도 나도 어느 날 숨이 끝내 멈추면 이 세상을 떠난다. 호흡에 대한 석가모니 붓다의 가르침이 2천 년 넘게 전해 내려온다.

현악기 하프는 연주자의 손길이 닿지 않은 상태에서도, 스쳐 가는 바람만으로 미세하고 아름다운 소리를 낸다고 들었다. 대체 무엇이 그렇게 하는 것일까. 하늘의 연주일까.

지리산에서 모아진 이 책 속의 이야기들은 마음의 평화 그리고 세상과의 관계에 관한 것들이다.

책을 만드느라 애정과 정성을 쏟은 나남출판사 식구들에게 각별한 고마움을 전한다. 조언을 아끼지 않은 조상호 회장과 신윤섭 상무, 이필숙 디자인실장, 이자영 차장에게 진심을 담아 감사드린다. 이야기에 담긴 내 인생길의 소중한 인연들에게도 고개를 숙여 합장을 올린다.

나의 글은 '사람'의 일이다. 인공지능AI이 참여하지 않았음을 밝힌다. 나는 나답게 사람답게 살고 싶을 뿐이다. 저녁노을을 하염없이 바라보는 일에 인공지능은 필요하지 않다.

나는 날이면 날마다 새로 양치질하듯이 그렇게 살고 싶다.

2026년 4월

주영희

차례

1부

지리산에 쌓이는 시간

생명

"돌아보지 마라~. 후회하지 마라~."

병실에서 컨디션이 괜찮을 때 그는 이 노랫말을 걸핏하면 흥얼거린다고 그의 아내와 간호사와 간병인이 귀띔해 주었다.

그는 오래전 민주화가 마침내 이 땅에서 이루어졌을 때 하늘을 찌를 듯한 권력자였다. 그전에는 나라가 암울했을 때 국민들이 절망하고 있을 때, 목숨 걸고 나섰던 횃불 같은 선도자 중 한 사람이었다.

내가 2인 병실에 들어서는 순간, 커튼이 둘러진 병상에서 극심한 고통을 참지 못해 그가 연거푸 내지르는 외마디 신음소리가 복도에까지 쩌렁쩌렁 울렸다.

커튼 틈새로 그를 힐끔 엿보던 찰나였다. 뭔가 처치를 하던 간호사가 난데없이 노래를 불렀다.

"돌아보지 마라~. 후회하지 마라~. 아버님, 따라 해보세요, 어서요."

전혀 예상치 못한 광경에 어리둥절했다.

잠시 후 그의 커다란 신음이 거짓말처럼 뚝 그치더니, 놀라운 일이 벌어졌다. 그가 간호사의 노래에 맞춰 가락을 흥얼거리며 따라 했다.

간호사 옆에 서 있던 간병인이 그의 흥얼거림을 부추겼다.

"아이고, 잘하시네! 계속해 보세요."

그가 여러 해 전에 갑작스럽게 뇌경색을 맞아 말문이 닫혀 버린 것을 나는 직접 목격했다. 그러나 간호사와 간병인의 설명에 따르면, 그는 컨디션이 괜찮은 날에는 가끔 다른 사람도 알아들을 정도로 노랫말까지 표현한다고 했다.

작년 크리스마스 하루 전날 그는 독감이 폐렴으로 악화돼 매우 위급한 상태로 입원했다. 이후 해가 바뀐 지금까지 병석에 누워 회복을 섣불리 가늠하기 어려운 기복을 겪고 있다는 사실을 그의 부인을 통해 알게 되었다.

그의 나이는 아흔이었고 부인은 여든다섯이었다. 약속 시간보다 약간 먼저 도착한 나는 병실 앞 복도에 서서 기다리고 있었다. 그때 체구가 작은 할머니 한 분이 구부러진 허리를 조그만 카트에 의지한 채 내 쪽으로 천천히 걸어왔다.

부인이었다. 그 양반은 나를 알아본 듯 손을 흔들었다. 나는 잰걸음으로 얼른 그녀에게 다가갔다. 부인은 반가운 얼굴과 숨이 찬 목소리로 인사말을 힘겹게 꺼냈다.

"아이고, 반갑습니다. 오랜만에 뵙는데 이렇게 병실에서 만나다니⋯. 정말 반갑고 감사합니다."

나도 반갑게 두 손으로 부인의 손을 덥석 쥐었다.

부인은 병실에 들어서자마자 곧바로 커튼을 젖히고 영감님의 머리맡에 가까이 다가서서 큰 소리로 말했다.

"여보, 구영회 사장님이 오셨어요. 구영회 기자가 왔어요. 알아보시겠어요? 반응해 보세요. 인사하세요."

나도 부인 옆에서 허리를 숙여 마스크를 벗고 얼굴을 가까이 들이밀며 인사했다.

"어르신, 장관님, 접니다. 구영회입니다."

긴장과 침묵이 불과 10초쯤 흘렀을까. 그 양반의 눈초리가 내 눈과 마주치더니 "어어어⋯" 하고 뭔가 의미가 담긴 듯한 반응을 보였다.

부인과 간병인이 동시에 말했다.

"오오, 알아보시네! 안다는 뜻이에요."

순간 나는 목구멍이 울컥했다. 복잡한 감정이 뒤섞인 알 수 없는 울컥함이었다. 그 울컥함을 삼키고 내가 말했다.

"알아보시는군요! 다행입니다. 반갑습니다. 대단하십니다."

나는 그의 손과 발을 가볍게 만지며 주물렀다.

이윽고 병실 밖 복도에서 부인과 나는 이런저런 이야기를 나누었다. 내가 그들 부부의 자녀들과 손자·손녀까지 알고 있다는 걸 의식한 듯, 부인은 가족들의 이름을 또박또박 대며 근황을 상세하게 들려주었다.

때마침 출간된 내 책 몇 권을 부인에게 전했다. 아들딸 이름을 부인이 보는 앞에서 책 첫머리에 직접 써서 드렸다. 물론 영감님과 부인께도 각각 한 권씩 드렸다.

얼른 지하주차장에 내려가 책 한 권을 더 챙겨 간병인에게 건넸다. 책 봉투에는 '간병 천사님'이라고 적었다. 영감님을 계속 잘 보살펴 주십사 하는 뜻으로.

노년에 접어든 간병인 아주머니는 기쁜 표정으로 말했다.

"간병하면서 책을 선물 받은 일은 처음이고, 책 쓴 사람에게서 직접 건네받는 것도 난생처음이에요. 책을 참 좋아해요."

문병을 마치고 나설 때 부인이 말했다.

"오랜만에 다시 만난 장소가 병원이라 민망하지만 잘 오셨어요. 앞으로 또 보게 될지 이번이 마지막일지 누가 알겠어요."

부인은 굴곡 많았던 남편을 곁에서 지키고 챙기다 보니 어느새 28년이 흘렀다고 했다. "내 인생 85년이 불과 몇 초 동안 꿈을 꾼 것 같다"고 속내를 내비쳤다.

그리고 내가 미처 알지 못했던 짠한 이야기를 털어놓았다. 사실 작년 초 부인이 발을 헛디디며 넘어지는 바람에 허벅지 뼈가 부러져, 본인도 석 달간 병실에 누워 지냈다는 것이다. 퇴원 후에도 여섯 달 동안 꼼짝없이 드러누운 탓에 허리협착증까지 겹쳐 고통스러웠다고 했다.

하지만 오히려 그 덕분에 아들 가족과 맏딸이 다시 예전처럼 한 지붕 아래 함께 살게 되었다고 했다. 늘그막에 자식들의 뒷바라지를 받게 되어 마음이 늘 편치 못하고 짐스러우면서도 한편으로는 그나마 안심이 된다고 덧붙였다.

병원을 나선 직후 나는 길가 빈터에 잠시 차를 멈추고 골똘히 생각에 잠겼다.

세상에 태어나 무엇을 하며 살았든 간에, 몸이 건강하든 건강하지 못하든 간에, 아직 생명이 붙어 있고 숨을 쉬는 동안에는 그냥 이렇게 저렇게 살아갈 뿐이려니 하는 생각이 들었다. 생명을 가졌으니 생로병사는 하늘이 이미 그 틀을 짜 놓은 것이고, 사람이든 하루살이 날벌레든 그 틀 안에서 머물다 사라져야 할 노릇이라고.

간밤에 줄기차게 내리던 비가 종일토록 이어지다가, 어둠이 다시 드리울 즈음 그쳤다. 폭설이 내릴 거라더니 하늘은 비를 내렸다.

비가 멈추자 하늘은 감쪽같이 말끔해지고 낮게 깔렸던 먹구름도 어디론가 사라졌다 저 멀리 짙게 검은 산들이 보였다. 그 아래서 사람들의 불빛이 두드러졌다.

어둠 속에서도 구름이 걸쳐 있는 것을 알아볼 수 있을 만큼 가늘고 긴 구름 띠가 희부옇게 눈에 들어왔다. 구름이 있다는 것은 분명한데, 구름의 미세한 움직임은 전혀 알 수가 없었다.

내가 인생길을 걸어가고 있는 것은 분명한데, 그 이상 세밀한 내막은 스스로 알기 어렵듯이 … . 명확하면서도 흐릿한 듯, 담백하고 간결하면서도 불분명한 듯, 아직 도착지가 아닌 듯, 고요하면서도 호젓한 오솔길이 더 남아 있는 듯이 … .

아까 내리던 비는 겨울비라고 해야 할까? 봄비라고 해야 할까? 나는 아는 게 별로 없는 것 같다는 생각이 들었다.

함박눈이 듬뿍 내렸으면 좋겠다. 세상을 하얗게 덮어 버린 그 눈밭 위에 두 발자국을 찍어 선명하게 음각된 흔적을 물끄러미 내려다보고 싶다.

이럴 때마다 내 안에서 군더더기 없는 그 무엇이 말똥말똥 존재한다는 것을 자각한다.

교류 소강상태로

날씨가 푹하다. 낮 기온 영상 9도. 내일이 입춘立春이다. 매서운 겨울 추위가 마침내 봄의 치마폭에 안기는 순간이다.

내일부터 또 추워진다지만 그래 봤자 봄에게 자리를 물려줄 수밖에. 동백이나 매화, 산수유와 벗나무는 사람 눈에 보이지는 않아도 봄 채비를 위한 생명작용에 전력투구하고 있을 것이다.

계절이 오고 가는 일은 인간 세상보다 훨씬 엄정하고 가차없다. 인간들은 약속을 어기는 일이 허다하지만, 천지운행은 오차가 없다.

그 까닭을 인간이 백날 헤아려 봤자 부질없다. 하늘은 그냥 자기 할 일을 하고 있을 뿐이다. 내가 죽을 때도 하늘은 그럴 것이다. 죽는 나에게 하늘이 참작할 개별성은 없을 것이다.

부처님도 예수님도 몸은 죽었다. 인간은 아무리 특별해도 반드시 몸을 벗고 죽는다는 것을 두 성자는 보여 주었다. 그리 해야만 가르침이 될 것이기 때문일까.

지리산 구들방에 다시 혼자 놓인 나는, 다행스럽고 감사하 게도 내 삶의 터전에 돌아와 있다.

여기저기 얽혀 있는 인연의 그물을 한동안 거두어들이고 다 시 소강상태로 들어갈 참이다. 어차피 삶은 공기가 빠져나간 아코디언처럼 언젠가 짜부라질 것이다.

번잡한 관계망에서 벗어나 평소의 모습으로 돌아가는 게 적 절하고 마땅하다고 생각한다. 주변을 간소화하는 일은 밀당도 아니고 잠행도 아니다.

다른 사람들은 내가 무엇을 어찌하든 사실은 큰 관심을 기 울이지 않는다. 보통은 그렇다. 남의 관심을 받는 일에 스스로 마음을 두지 않으면 그만이지 달리 무엇을 어쩌랴!

한참 동안 내가 눈에 띄지 않는 걸 어느 날 문득 알아채고, "잘 지내느냐? 근황이 어떠냐?" 안부를 물어오는 사람이 있다 면, 참으로 친절하고 다정한 사람일 것이다. 상대가 무뚝뚝하 더라도 그 또한 자연스러운 일로 여겨야 한다. 그리고 항상 나 자신을 객관화해야 한다.

내 마음속에 어떤 사람은 깊게 심겨 있고 누군가는 얕게 심겨 있듯이, 나 또한 다른 사람 가슴에 얼마만큼의 깊이로 심겨 있는지 그건 내 몫이 아니다.

나의 기억과 추억의 서랍 속에는 평생 간직하고 싶은 오래된 풍경 하나가 있다. 내가 직접 목격한 풍경이었다.

겨울 끄트머리 봄이 다가오는 어느 깊은 산속 계곡의 바위 뒤에서, 진달래 한 송이, 딱 한 송이가 분홍색 얼굴을 수줍은 듯 들킨 듯 슬며시 내밀고 있었다. 그 광경을 맞닥뜨린 순간, 나는 놀라움과 전율에 휩싸였다.

저 꽃 한 송이를 피우려고 온갖 비바람과 찬 서리, 된서리와 폭설, 하늘과 구름과 해와 달과 별이 함께했을 무수한 날들을 더듬더듬 헤아려 보니, 인간의 언어와 표현은 쓸모없는 군더더기에 지나지 않는다는 것을 호되게 깨우쳤다.

산중에 홀로 피어난 꽃 한 송이는 누구에게 보여 주려고 나타났을 리가 만무했다. 그냥 무심한 듯 피어 있었다. 여리고 작은 꽃을 지탱하는 연약한 줄기와 얼어붙은 땅속으로 뻗은 자그마한 뿌리는, 꽃을 피워 내는 일에 온 정성을 기울였을 것이다.

그 순간 나는 눈물겨운 심정에 사로잡혔다.

머지않아 세상을 온통 뒤덮을 그 엄청난 봄이, 산중에 꽃 한 송이를 척후병처럼 내밀어 봄을 암시하는 그 놀라운 사건은, 전혀 떠들썩하지 않은 매우 은밀한 방식으로 진행되고 있었다.

그날 혼자 산행을 하다가 진달래 옆 바위에 걸터앉아 하염없이 그 풍경에 빠져들었다. 한참 동안 그렇게 망연자실하게 놓여 있었다.

내가 다시 소강상태로 되돌아간다는 그 뜻은, 그 진달래를 다시 만나기 위해서일 것이다. 아니, 내가 바로 그 진달래일 것이다.

수동기어로 살기

내가 몰고 다니는 자동차는 운전하기 편한 자동기어 방식이다. 반면에 평생 줄기차게 달려온 내 삶의 자세는 수동기어 방식이었다. 편리한 방식보다는 삶의 고삐를 내 손으로 쥐고 당기는 방식을 선호했다.

직장에 다니던 시절에 시종일관 취했던 자세를 내 나름대로 표현한다면, "줄이 긴 쪽에 서지 않는다"였다. 그러다 보니 궂은일, 험한 일, 힘겨운 일, 남들이 내켜 하지 않는 일에 뛰어드는 게 부지기수였다.

은퇴 후에도 수동기어 방식은 여전했다. 은퇴 이후 지금까지 살아온 방식을 요약하면, "사람 여럿 모이는 곳에 끼어들지 않는다"였다. 나는 각종 모임에는 참석한 적이 거의 없다. 메신저 단체 대화방에서도 초대되자마자 바로 빠져나왔다.

혼자만의 시간을 누리며 혼자만의 공간에서 살고 싶어 그랬다. 관계망에 얽혀들수록 나만의 시간과 공간이 그만큼 줄어들기 때문이었다. 다른 사람들과 교류는 일대일 방식을 선호했다. 이것은 훨씬 더 깊은 교류를 가능하게 해 주었다.

이제 일흔을 넘어 여든을 향해 가는 처지에서, 지나온 인생길을 되돌아보면 후회하거나 아쉬워할 만한 게 별로 보이지 않는 점은 감사하고 다행스럽다.

앞으로 여생이 얼마나 주어질지, 그것은 하늘만이 알 일이다. 다만 그다지 길지 않을 것이라는 점, 짧을 것이라는 점, 순식간이 될 것이라는 점을 거부감 없이 순하게 받아들이며 살아야 한다. 한마디로 '빈 마음'으로 살아가는 게 맞는 방향이라고 스스로 판단한다.

인생을 마치는 일은 바다에 합류하는 일이다. 바다는 굳이 이름이 필요하지 않는다. 바다로 흘러든 작은 물방울들은 다시 수증기로, 구름으로, 비와 눈으로 바뀌어 순환할 것이라고 믿는다.

70여 년 살아온 인생길이 크게 후회스럽지 않다. 그것 하나만으로도 축복의 손길 안에서 화수분처럼 살아온 것 같아 그저 감사할 따름이다.

살다 보면 가끔 상처도 입을 것이다. 가톨릭 표현에 '펠릭스 쿨파Felix culpa'라는 말이 있다. '다행스러운 추락'이라는 뜻이다. 때로 추락하고 상처 입는 일은, 재생의 기회일 수 있다. 가라앉지 않고 훌훌 털고 또다시 길을 나서는 여행이 인생길 아닐까.

남은 시간 동안 날마다 새 하루, 새 기분, 새 기운으로 잔잔하고 즐겁게 살고 싶을 뿐이다. 하늘의 뜻은 플랜 B이지만 그걸 알 수 없으니 그냥 인간의 계획인 플랜 A를 소망할 뿐이다.

산자락에 어둠이 내려 다시 고요하다. 어젯밤처럼 오늘밤이 내 앞에 놓였다. 별일 없는 밤이 다시 내 앞에 와 있다는 건 대단한 기적이다.

지구에서 세상을 떠난 모든 영혼들이 하늘나라에서 한목소리로 내게 속삭일 말은 "잘 지내다 오게", 이 한마디일 것이다.

벽 안쪽과 벽 바깥쪽

쏴아아! 덜컹! 냐아옹!

드센 바람소리, 대문 흔들리는 소리, 길고양이 울음소리에 잠을 깼다. 이른 아침 나의 하루는 이렇게 시작되었다. 눈을 떴지만 잠시 그대로 누워 있었다. 장작 아낀다고 켜 놓은 전기장판 덕분에 등은 그런대로 따스했으나 방 안에도 냉기가 흘렀다. 콧등과 얼굴이 차가웠다.

서울에서 출근 준비하는 큰딸의 메시지 알림음이 울렸다.

"따뜻이 주무셨어요? 기온이 확 떨어졌으니 보온 잘하세요."

곧이어 아내의 메시지가 왔다.

"보온 신경 쓰시고, 식사도 잘 챙겨 드시고, 글도 잘 쓰시길 바라요."

아내는 '입춘대길立春大吉'이라고 쓴 붓글씨 사진을 곁들여

보냈다.

작은딸의 아침 인사는 잠시 후에 올 것이다. 지인 두 사람도 나에게만 보내는 것이 아닌 인사를 전해 왔다. 양평에서, 광주에서.

나는 다시 나의 시간과 나의 공간에 오롯이 놓였다. 구들방 바깥 부뚜막 장작더미 쪽에서 고양이 소리가 또 들렸다. 낮은 소리였다.

"으르르 냐아옹!"

고양이 울음소리는 왠지 애절하게 느껴졌다. 추위가 매섭고 배가 고파서일까.

황토벽을 사이에 두고 두 생명체가 가까이 있다. 벽 안쪽에는 사람인 내가, 바깥쪽에는 야생 고양이가. 고양이도 나도 기온이 급격히 떨어진 겨울 추위에 함께 놓여 있다. 나는 인간이어서 인간의 방식으로 벽을 방패 삼아 안에 있고, 고양이는 야생동물이어서 온몸을 추위에 내맡긴 채 노출 상태였다.

사람인 나는 벽을 두고 내가 있는 곳이 안쪽이라고 생각한다. 하지만 야생 고양이 처지에서는 녀석이 웅크린 쪽이 안쪽이고 벽 너머 사람이 바깥쪽이지 않을까.

영국 작가 줄리언 반스Julian Barnes의 글 가운데 흥미로운 대목이 있다.

"'그 사람은 온몸에 암세포가 퍼졌으나 용감하게 버티다가 죽었다'라는 표현은 적절하지 않다. '암세포가 그 사람과 열심히 싸웠고 그 사람은 죽었다'라고 바꿔야 한다."

관점의 기막힌 반전이다.

구들방 책상 앞, 창 너머로 얼룩무늬 고양이 녀석이 보였다. 낮은 돌담 위를 슬금슬금 기어가다가 아랫집 처마 밑으로 바람을 피해 들어갔다.

사람으로서 내가 가진 의식과, 고양이가 가진 의식을 비교하여 우열을 가릴 수 있을까. 생명에 우열이 있을까.

나는 고양이들에게 먹거리를 내다 주고 가끔 내쫓기도 하면서 지내고, 고양이는 먹을거리 찾기가 쉽지 않은 이 겨울에 내가 밥 주기를 기다리며 눈치를 살핀다. 그렇다고 사람인 내가 쥐락펴락 우위에 있는 '갑'이고 고양이는 나보다 못한 '을'이라고 할 수 있을까. 윤회가 있다면, 훗날 내가 고양이가 되지 말란 법도 없다.

사람 머릿속에 작동하는 의식의 가장 큰 문제점과 장애물은, 툭하면 무엇이든 구분하고 쪼갠다는 데 있다. 내가 있는 이쪽과 내가 아닌 저쪽을 따로 만들어 놓고서, 결국 평생을 나누고 쪼개는 일에만 정신이 팔려 살다가 덧없이 죽고 마는 것이다. 어쩌면 우리는 그런 수준을 맴돌고 있는 것은 아닐까.

지금 창밖으로 눈발이 날린다. 하얗고 작은 눈송이들이 드문드문 땅으로 내려오다가 바람을 타고 다시 위로 솟구친다. 그러다 바람이 잦아든 틈에, 바람이 허용하는 순간에, 대지에 가까스로 내려앉았으나 닿자마자 찰나에 사라지고 말았다.

눈이 조금 더 풍성하게, 눈 결정체도 훨씬 크게 함박눈이 되어 듬뿍 내리면 좋겠다. 조만간 봄이 온 세상을 꼼짝없이 뒤덮게 될 것이니 말이다.

'눈아, 너도 물러가는 겨울눈답게 펑펑 쏟아져 산천을 온통 다 덮어 다오.'

사람인 내가 의식을 지니고 있듯이, 눈 한 송이 한 송이에도 하늘이 심어 보낸 어떤 정령이 들어 있지 않을까.

꽤 오래전부터 나는 의식이, 마음이, 생각이, 감정이 걸핏하면 둘로 쪼개지는 거머리 같은 습성을 떨쳐 버리기를 간절히, 절실하게 바라고 있다.

더 큰 나를, 더 깊은 곳에 있는 나를, 경계선이 허물어진 나를 찾고 싶을 뿐이다. 내 마음은 그 냄새를, 그 낌새를 잠깐씩 자각하고 있다. 강 건너편을 바라보지만, 사실은 굳이 건널 필요도 없이 지금 여기 이 자리에서 눈을 활짝 뜨는 일 같기도 하다.

앙상한 나뭇가지에 억척스럽게 매달린 마른 잎사귀들이 바람에 떨고 있다. 알 수 없는 생명의 기운들이 작동하고 있다.

입춘에 대길하다

하늘이 결말을 내는 플랜 B가 나의 플랜 A를 너그럽게 봐준 것일까. 일이 막힘없이 물 흐르듯 풀린 입춘 하루였다.

아침에 무작정 길을 나섰다. 세부 계획도, 사전 연락도 없이, 꽤 멀리에 사는 지인에게 책 한 권 전해 주겠다는 어설픈 궁리 하나를 짜내서 하동으로 향했다. 미리 연락을 하지 않고 가는 길이라서, 만약 그가 출타하고 없다면 책만 놓고 와도 된다고 생각하며 떠난 막연한 행보였다.

친한 부부가 운영하는 카페에 찾아갔다. 평소에는 주로 아주머니가 카페 일을 도맡아 챙기고, 남편은 가끔 가볍게 거들어 주는 편이었다. 그런데 막상 도착해 보니 그 반대의 상황이 벌어졌다. 아내의 사정으로 남편이 대신 일하러 나왔다가 내가 불쑥 들어서자 깜짝 놀라며 맞이한 것이다.

그 카페는 일종의 사회적 기업 형태로 운영되고 있었는데, 손님들이 여기저기 앉아 꽤 붐볐다. 임시 바리스타가 된 이원규 시인은 나를 무척 반가워하면서도 손님들을 응대하느라 분주히 움직이고 있었다. 그도 나도 둘 다 선 채로 겨우 몇 마디 인사말만 주고받았다. 오랜만에 만난 것이었지만 어쩔 수 없는 상황이었다.

별수 없다는 생각에 나는 챙겨온 책만 건네고 그만 물러나려고 했다. 그러자 시인이 내 손을 붙들었다.

"아니, 잠깐만요, 커피 한잔 마시면서 기다리다가 얘기 좀 나누어야죠. 가지 마세요."

나는 빈 테이블에 앉았다. 시인은 얼른 커피 한 잔을 내려서 가져다주었다.

카페 벽에는 사진전을 여러 차례 열었던 시인의 작품들이 큰 액자에 담겨 나란히 걸려 있었다. 범상치 않은 사진들 사이에서 유독 눈길을 끄는 작품이 있었다. 어두운 하늘 아래 어느 능선 위에 새하얀 꽃송이들이 눈부시도록 흐드러지게 피어난 커다란 나무 한 그루가 돋보이는 사진이었다.

잠시 후 시인이 잰걸음으로 다가와 마주 앉았다. 내가 사진을 가리키며 물었다.

"새벽에 찍은 겁니까? 아니면 저녁에?"

예상 밖의 대답이 돌아왔다.

"저건 한밤중에 찍었어요. 가느다란 눈썹달이 떠 있었는데, 그 달빛을 조명 삼아서 찍은 겁니다."

그의 안목과 솜씨가 예사롭지 않다는 걸 알 수 있었다.

"구 선생님은 얼굴이 아주 좋으시네요."

"뭘요. 늘 그만그만하게 살고 있습니다. 허허허. 이 선생도 오랜만에 뵙는데 늙은 티가 안 나고 오히려 팽팽하시네요."

그러자 시인은 왼손으로 오른쪽 팔꿈치를 만지며 대꾸했다.

"저는 테니스엘보가 심하고 몸 여기저기가 시큰시큰해요."

"이 선생이 좋아하는 모터사이클은 겨울이라 잠시 보류 중인가요?"

"아니요, 도로 사정만 괜찮으면 요즘도 근처에 몰고 다닙니다. 하하하."

긴 대화는 아니었지만 우리는 서로 큰 탈 없이 무난하게 지내고 있음을 확인하고 작별 악수를 나누었다.

돌아오는 길에 악양을 지나 부춘마을 입구에 이르렀을 때, 산중턱에 살고 있는 다른 부부가 떠올랐다. 형제봉으로 이어지는 산길로 즉석에서 방향을 틀었다. 이번에도 연락은 하지 않았다.

농가에 도착해 보니 인기척이 느껴지지 않았다. 나는 그 집 아주머니가 평소 외출하더라도 손님을 맞이하는 응접실 겸 작업실의 문을 잠그지 않는다는 걸 익히 알고 있던 터라, 서슴없이 문을 열었다. 아무도 없었다.

가져간 책 앞머리에 덕담 한마디와 서명을 적어 테이블에 올려놓고 물러났다.

한참 후에 주인아주머니의 메시지가 왔다.

"손님들과 점심을 먹고 돌아와 보니 귀한 책이 놓여 있네요. 잘 읽겠습니다. 감사합니다."

화개장터를 지나 피아골 입구가 가까울 때 재첩 국숫집 노부부가 떠올랐다. 평소처럼 주인아주머니는 내 앞에 앉아 요즘 장사가 저조하다며 이런저런 푸념을 늘어놓았고, 나는 장단을 맞추며 들었다.

다시 길을 나서 토지면土旨面을 지날 때였다. 의형제처럼 지내는 후배가 문득 떠올랐다. 불쑥 전화를 걸었다.

"어이, 동생, 지금 어디여? 내가 지금 자네 마을 앞을 지나는 길인데."

"아아, 형님! 마침 조깅하러 토지초등학교 직전 작은 다리 앞에 있는데 거기서 뵐까요?"

그 순간 저만치에서 후배가 손을 흔들며 달려왔다.

"어이, 서로 사정이 엇갈려 못 봤는데, 마침내 오늘 인연이 닿는구먼."

내가 반갑게 인사하자, 후드를 뒤집어쓴 아우가 환하게 웃었다. 우리 둘은 찻길 옆에서 오랜만에 셀카를 찍었다. 두 얼굴이 환하게, 천진난만하게 찍힌 스냅사진을 즉석에서 공유했다.

"날씨가 조금 더 푸근해지면 밥이라도 함께 먹어야지? 뛰러 나왔으니 어서 가 보게."

이번엔 읍내 장터로 향했다. 마침 장날이었다. 대장간 후배가 일하고 있으려니 짐작하며 장터 골목을 걸어갔지만, 대장간은 닫혀 있었다.

그러고 보니 문 닫은 가게가 많았고 장터는 썰렁했다. 설 연휴 직후에 처음 맞는 장날인 데다가 불경기 탓인지 손님은커녕 상인들도 몇 명밖에 보이지 않았다.

해가 뉘엿뉘엿 기울고 있었다.

'이만하면 됐다. 그런대로 몇 군데 잘 돌아다녔군.'

산마을로 돌아가는 길에 단골 커피숍에 들렀다. 좋아하는 아이스아메리카노를 챙기려고. 사실은 아까 아침에도 여기서 한 잔 챙겼는데 또 들른 것이었다. 어둠이 내린 고요한 구들방에서 혼자 마시는 지리산 고독 커피 맛은 늘 특별하다. 나는 커피를 여러 잔 마셔도 잠을 잘 자는 편이다.

커피숍에 들어서니 반가운 사람들이 앉아 있었다. 내가 사는 마을 이웃들이었다. 가끔 여기서 맞닥뜨리곤 하는데 늘 반가웠다. 마을 입구에 사는 동갑내기 허 씨와 윗마을 부부에게 인사를 건네고, 잠시 합석해 담소했다. 커피 값은 이번에도 사람 좋은 허 씨가 계산했다.

마을로 향하는 길에 일본댁 히로토미 후쿠코의 구멍가게에 들렀다. 주전부리를 집어 들었다.

들판을 지날 때 멀리 검은 구름 아래서 하루의 마지막 해가 빛났다. 해는 검은 구름을 돋보이게 했고, 검은 구름은 해를 두드러지게 했다. 그 광경을 사진에 담았다.

긴 하루를 보내고 돌아와 대문 앞에서, 방금 찍은 입춘 석양을 아내와 두 딸에게 전송했다.

툇마루에서 어미 고양이와 새끼 두 마리가 엎드려 나의 기색을 살폈다.

"얘들아, 집 잘 지켰느냐? 툇마루에서는 놀지 말라고 했잖니. 너희도 좋은 저녁 되거라."

녀석들은 잽싸게 장작더미 쪽으로 달아났다.

컴컴해진 구들방에 스탠드를 켰다. 이장이 마을 스피커로 공지사항을 알렸다. 밤 9시를 기해 한파주의보가 발령되었다는 소식이었다.

'실컷 추워져라. 눈이 오면 더 좋고.'

장작더미 쪽에서 고양이가 낮은 소리로 으르렁거렸다. 나는 짝짝짝 세 번 손뼉을 쳤다. 조용히 하라는 신호였다. 고양이는 곧바로 울음을 멈추었다.

다시 고요한 밤이다. 아직 바람소리는 들리지 않는다.

빛이 번지고 눈이 쌓이다

이른 새벽에 깼다. 5시 40분이다. 책상 앞에 앉았다. 일어났으니 그냥 앉았다. 창밖을 내다보았다. 하늘은 아직 어두우면서도 빛을 머금어 어슴푸레 날이 밝아 오는 색조를 펼치고 있었다.

동이 트는 광경은, 캄캄한 어둠이 아침으로 바뀌는 순간은, 아무리 한참 동안 유심히 살펴보아도, 수없이 보았어도, 마술에 홀린 것처럼, 도무지 뭐라 표현할 수가 없다. 도무지 명확히 알 수가 없다. 빛이 번진다고 해야 할까. 빛이 퍼진다고 해야 할까. 빛이 내려오는 중이라고 말해야 할까. 어둠이 녹아내리고 있다고 해야 할까.

인간들의 세상이 서로 싸우고 지지고 볶고 저주하고, 제아무리 첨단기술을 선보여도, 지금 내 눈에 보이는 저 하늘빛은,

인류가 지구에 나타나기 훨씬 이전부터 이어져 온 것이다. 숫자를 들이대며 말해 봤자 부질없는 까마득한 옛날 옛적부터, 태양과 지구가 서로 인사를 나누어 온 광경이라고 짐짓 말한다면 그것이 과연 인간 언어의 품격일까.

이럴 때 사람이 가진 언어는 아무런 쓸모가 없다. 굳이 말해 봤자 그럴수록 군더더기가 될 뿐이다.

날이 조금 더 밝아지자 마당이 눈에 들어왔다.

"앗, 와아, 밤새 눈이 왔네!"

마당이 온통 하얗게 덮여 있었다. 바람을 만나 마른 잎사귀 몇 개가 춤추는 앙상한 매화나무 가지에, 통통하게 살찐 참새 두 마리가 나란히 앉아 있었다. 오늘은 어디로 나설까 두리번거리다가 푸르릉 날아갔다.

이따 집을 나설 때 밟기 아까운 마당의 저 눈밭에 나의 발자국이 찍힐 것이다. 그 발자국은 어디로 가는 것일까. 어디를 향하는 것일까.

싸라기눈이 흩날리며 먼저 내려앉은 그 눈 위에 차곡차곡 포개졌다. 매화나무 뒤로 보이는 낮은 돌담 위에 쌓인 눈의 결정체만 헤아려도 서울 인구보다 더 많을 것이다. 인공지능 로봇도 눈의 결정체를 하나하나 세는 일은 어림 반푼어치도 없을 것이다. 그리고 보면 인간 세상은 참 우스꽝스럽다. 내가 거기에 끼어 있다.

하늘에서 내려온 빛과 눈이, 내 안에 있는 영혼과 결국 하나가 아니라면, 나는 아무런 의미가 없을 것이다.

눈도 나도 오래가지 않고 사라질 것이다. 그러면 끝장나는 것일까. 사라지는 일이 순환이 아니라 그저 끝장이라면, 그것 또한 아무런 의미가 없는 일이 될 것이다. 사라지는 일은 순환이라고 받아들여야 나의 의미도 있을 것이다.

저항하지 않고 항복해야 드러날 것이다. 텅 비워져야 얻을 수 있을 것이다. 채우는 일은, 가지려는 일은, 하늘이 인간에게 부리는 속임수 같다.

하지만 하늘이 저 무한한 하늘이 한낱 먼지 같은 인간들을 굳이 속이는 게 전부란 말인가. 속이려고 인간을 만들었단 말인가. 어떤 뜻이 있을 것이다. 상실과 비움은 하늘이 나의 뒤통수를 툭 치면서 정신을 차리게 하는 방식일 것이다.

오늘 할 일 두 가지가 떠올랐다. 호수 근처 식품가게에 가서 낫토를 사고, 한 달에 한 번씩 조합원들에게 선물하는 암반수를 챙기는 것이다. 그다음엔 무엇을 할지 나도 모르겠다.

'또 하루가 열렸으니 숨이 붙어 있는 새 하루를 살아야겠지. 살게 되겠지. 그러다가 또 밤이 되면 캄캄하겠지. 다시 고요하겠지.'

귀갓길

하늘과 대지에 밤이 드리울 때, 혼자서 집으로 돌아오는 길은 '혼자'라는 상태를 더욱 각인시킨다.

그럴 때 자동차 음악방송에서 기타 연주곡이라도 흘러나오면 알 수 없는 기분에 휩싸인다. 그 음악 자체에 빠진다기보다는 아련한 곳으로 까마득히 먼 곳으로 슬그머니 빨려 들어가는 느낌이다.

이 느낌을 쉽사리 외로움이라고 단정하는 것은 부적절하다. 내면이 어떤 근원적 시간 내지는 원천적 공간과 접속되는 것 같다고 하는 편이 더 적절해 보인다.

대문 앞에 차를 멈추고 내릴 때 거의 반사적으로 밤하늘을 올려다보곤 한다. 방금도 하늘을 쳐다보았다. 종일 흐리고 눈발이 날리더니 오늘 밤하늘은 씻은 듯 청명하다. 달은 휘영청

밝고 별들은 보석처럼 총총하다.

그 하늘을 사진에 담아 아내와 두 딸에게 바로 전송했다. 좋은 밤 되라는 인사로.

그런데 이게 무슨 우연일까. 인연일까. 필연일까. 그 직후에 큰딸에게서 법당 불상佛像을 찍은 사진이 도착했다. "조계사에 수업 들으러 왔어요"라는 설명과 함께. 사진 한 컷이 또 왔다. '뇌과학과 불교 수행'이라는 특강 포스터를 담은 사진이었다. 퇴근하자마자 절에 간 모양이었다.

독립한 큰딸은 세례명을 가진 가톨릭 신자다. 종종 아내와 함께 성당에 가곤 한다. 내가 서울에 들렀을 때, 아내와 딸이 성당 미사에 함께 가는 날이면 성당 앞까지 데려다주는 일은 오래된 습관이다.

두 딸이 어렸을 적부터 나는 불자였다. 우리 집에서 나 혼자만 불자이고 나머지 셋은 모두 가톨릭이다. 이런 연고로 나의 자식 둘은 일찌감치 종교적 장벽에 갇히지 않고 경계선 없는 관점을 지니게 되었다. 아버지의 모습을 오래 지켜본 영향인 듯하다.

다시 밤하늘로 내 이야기를 돌린다. 고개를 들면, 움직임으로부터 초월한 듯한 하늘이 펼쳐져 있다. 그리고 시시각각 움직이는 달과 별과 구름이 보인다.

이때 내 마음속 상상력이 작동한다. 내가 저 높이 하늘에서, 대문 앞에 서 있는, 지구 위 대지에 두 발을 붙인, 아스라한 점 같은 나 자신을 내려다보는 것이다. 내가 나를 역지사지의 시선으로 바라보는 것이다.

나는 나의 취미를 이야기하는 게 아니다. 객관화된 나를 느끼기 위한 하나의 방법이다. 나의 우물에서 빠져나오기 위한 시도이기도 하다. 이렇게 하면, 내 안의 온갖 생각들과 감정들은 나를 사로잡지 못한다.

이는 내가 무엇인가 원천성과 근원성을 띠게 된다는 뜻이다. 내가 어떤 근본적인 것에 가까이 접근해 있는 상태를 말하는 것이다. 굳이 이런 얘기를 꺼낸 까닭은, 당신 안에도 틀림없이 그런 상태가 내재되어 있기 때문이다.

마음은 툭하면 어떤 생각과 감정에 붙들리기 일쑤다. 하지만 그런 상황을 벗어나는 출구가 분명히 있다는 뜻이다. 이 출구를 일컬어 비상구라고 해야 할지, 탈출구라고 해야 할지, 본래의 제자리라고 해야 할지, 그 명칭은 중요하지 않을 것이다.

이런 상태의 밑바탕에는 언제나 고요함이 깔려 있다. 고요함은 일종의 배터리다. 고요함 속에 놓이면, 나는 나의 껍질을 벗어나 나의 본질을 향해 노를 젓게 된다.

귀갓길이다. 달밤에 쫓아오는 달을 보며 달아나고 또 달아나도, 달은 나를 계속 따라 다닌다. 하는 수 없이 달을 데리고 집에 돌아온다.

조지훈 시인이 읊은 달밤의 정취를, 내 방식대로 중얼거려 보았다.

추위

오늘 아침은 몹시 춥다. 구들방 창밖을 내다보니 냉랭한 공기가 산천에 팽팽하게 들어찬 게 느껴진다. 먼 얘기할 것도 없이 방 안의 공기부터 오싹하다.

연거푸 재채기를 했다. 코도 여러 번 풀었다. 바깥이 아닌 방 안에 있는데도 숨을 내쉴 때마다 하얀 입김이 뿜어져 나온다. 방 안의 온도가 거의 냉장고 수준이다.

그래도 하얀 입김은 오장육부가 아직 따뜻하게 살아 있다는 증거일 것이다. 일부러 날숨을 더 크게 후후 불어 입김을 쳐다보는 장난을 치고 있으니 철부지 같은 행동에 슬그머니 웃음이 나온다.

지리산에서 이런 겨울 추위를 열다섯 번째 겪고 있다. 추위는 매번 개인 사정을 살펴 주지 않으므로, 경험이 쌓였다고 덜어지는 게 아니다. 견디는 의지나 요령만 조금 늘어날 뿐이다.

유일한 난방장치인 작은 전기난로를 내 앞으로 더 바짝 끌어당겨서 굽은 손을 비비다가 너무 뜨거우면 약간 뒤로 밀어낸다. 책상 앞 의자로 옮기면 난로 위치를 다시 바꾸고, 괜스레 번거롭지만 겨우 이 정도를 가지고 겨울나기를 한다고 떠벌릴 일은 아니다.

어느 해에는 부엌 개수대 수도전이 동파되는 바람에 솟구치며 뿜어 나온 물줄기가 부엌 바닥을 온통 흥건하게 적시고 찬물을 흠뻑 뒤집어쓰면서 오만 난리를 쳤던 일도 있었다.

오늘은 고양이 녀석들도 어딘가에 웅크리고 있는지 아직 기색이 없다.

간단하게 아침 끼니를 마쳤다. 이제 슬슬 외출해야 할 일이 있지만, 세수하고 옷 갈아입는 게 귀찮아서 잠시 꾸물거리고 있다.

직장 다니던 시절 아침마다 잠이 덜 깬 몸뚱이를 억지로 일으켜 세워서 서둘러 출근하는 호들갑을 30년 넘도록 되풀이했다. 참 장하기도 하고 징하기도 했던 기억이 되살아나면, 오늘 아침 강추위에 밍기적밍기적 꾸물거리는 일도 내가 즐기고 누려야 할 호사일 것이다.

잠시 후 대문을 나서면 오늘은 할 일이 무려 두 가지나 있으니 그런대로 썩 괜찮은 날이다. 글을 쓰거나 독서할 때 착용하는 오래된 안경의 다리가 간밤에 툭 부러지는 바람에, 우선 안경점에 들러서 싸구려 안경이라도 새로 장만해야 한다.

시야가 차츰차츰 가물거리니 안경은 나에게 긴요한 생활필수품이다. 운전할 때는 안경을 쓰지 않아도 아직은 그런대로 다닐 만하니 다행이다. 아직 여전하다는 것은 좋은 일이다.

안경점 볼일을 마친 후 오후에는 곡성으로 섬진강을 건너가서 어느 소설가를 만나기로 한 약속이 잡혀 있다. 그와 나는 둘 다 서울에서 이곳 시골에 내려와 서로 멀지 않은 곳에서 지내고 있다. 그 지리적 인연 덕분에 얼마 전 서울에서, 이번에 곡성에서 재회가 이루어졌다.

그는 역사소설과 인물소설에서 문단의 정평을 얻어 이름이 널리 알려져 있는 김탁환 작가다.

나도 그의 소설을 몇 권 읽었다. 글맛이 독특하고 깊숙했다. 그의 글은 개인사보다는 지나간 역사와 주목할 가치가 있는 인물들을 다룬다. 다시 말해 세상과 사람 사는 공동체를 글 속으로 다시 불러들여 매우 인상적으로 조명을 비춘다. 사회성 짙은 소설들을 쉬지 않고 왕성하게 내놓고 있는 솜씨 뛰어난 글쟁이다.

나이 들어 새로 싹튼 인연이 어디까지 전개될지 알 수 없다. 그러나 둘 사이로 섬진강이 잔잔히 흐르듯 인연도 강물 따라 어디론가 흘러갈 것이다.

　안경 장만하고, 좋은 사람 만나고, 몹시 추운 날씨였지만, 마음은 훈훈한 날이었다.

복 터진 날

궂은일과 좋은 일이 한날한시에 한꺼번에 겹쳐서 터졌을 때, 이런 상황을 어떻게 받아들일 것인지는 오로지 마음에 달려 있을 것이다.

기나긴 겨울 끝에 드디어 봄기운이 돌아 눈이 녹기 시작하고 비가 내려 산천초목의 싹이 튼다는 우수雨水를 나흘 앞둔 날이었다.

순천 후배가 무척 반가운 봄소식을 메신저로 전해 왔다. 자기 동네 골목에 붉은 홍매화가 터진 것을 발견했다며 사진을 찍어 보냈다.

"오메, 꽃송이가 여러 개 터졌네. 예쁘기도 해라. 마침내!"

서울에 볼일이 있어 지리산 시골집을 며칠간 비운 게 신경이 쓰여 서둘러 내려오던 참이었다. 고속도로 톨게이트를 막

통과하여 구례 땅에 들어서는 순간이었다. 핸드폰 알림음이 울려 열어 보니 매화 사진이 보였다.

사진을 보니 기분이 좋아졌다. 톨게이트에서 정면으로 바라보이는 노고단은 여전히 하얀 눈이 덮여 있었다. 아직 겨울인데 봄소식이 도착한 것이었다.

그러고 보니 봄은 겨울 속에서 찾아온다. 겨울이 다 물러간 뒤에 봄이 오는 게 아니라, 눈 속에 피어나는 설중매雪中梅가 겨울을 밀어냄을 새삼 깨달았다.

설레는 마음으로 마을로 향했다. 잠시 후 고난이 닥친다는 것을 전혀 예상하지 못했다.

대문을 열고 마당에 들어서니 길고양이 녀석들이 반가운 기색으로 나를 맞이했다. 곧 먹거리가 생긴다는 걸 녀석들은 잘 알고 있었다.

"집을 잘 지키고 있었냐? 조금만 기다려라. 밥 줄게."

상황이 좋았던 것은 딱 거기까지였다. 방문을 열자마자, 부엌 쪽에서 쏴아 물이 쏟아지는 소리가 들렸다.

"웬 물소리지?"

잰걸음으로 부엌에 갔다. 점점 커지는 물소리가 부엌 옆 탕비실에서 들렸다. 가슴이 덜컹 내려앉았다. 얼른 탕비실 문을 열어 보았다.

"앗, 이게 무슨 난리야!"

수도전에서 거센 물줄기가 사방으로 뿜어 나오고 있었다. 삽시간에 물벼락을 맞으며 수도전으로 달려들어 잠금장치를 건드렸다. 그 순간 덜커덩하며 잠금장치가 맥없이 욕조 바닥에 떨어졌다. 물줄기는 더욱 거세져서 제멋대로 나를 갈겼다.

후다닥 마당으로 달려가 밸브부터 차단했다. 탕비실에 돌아와 보니 남아 있던 물이 쫄쫄쫄 마저 흘러내렸다.

설상가상으로 욕조 배수구마저 막혔는지 물이 찰랑찰랑 흥건했다. 엉겁결에 양말을 신은 채 그 차가운 물에 두 발이 흠뻑 젖고 바지 밑단까지 적셨다는 걸 뒤늦게야 발이 시려 깨달았다.

"서울에서 돌아오자마자 이게 무슨 꼴이야."

한심하고 난감했다. 나도 모르게 욕부터 중얼거렸다.

겨울이면 가장 신경 쓰이고 난감한 동파 물난리가 기어코 또 벌어진 것이다.

"하필이면 왜 오늘 이런 일이 터지나. 손발이 시려 못 견딜 지경인데 이걸 어떻게 수습한다는 말인가."

경험에 비추어 누구의 도움을 청하는 일은 불가능했다. 어떻게든 혼자서 해결해야 하는 동절기 최악의 사건이 다시 터져서 눈앞에 닥친 것이었다.

늦은 오후여서 곧 날도 저물 텐데 앞으로 몇 시간이 걸릴지 모를 수습에 나서야 하니, 한마디로 산골 혼자살이의 최대 시련이었다. 그렇다고 신경질 부린다고 저절로 해결되는 일은 아니었다. 우선 마음부터 가라앉혀야 했다.

구들방으로 건너와 전기난로를 켰다. 의자에 털썩 앉아서 시린 손발을 전기난로 가까이 갖다 대어 녹였다. 담배 한 대를 피워 물었다. 짧은 시간에 끝날 일이 아니었다.

"좋다. 어디 한번 해보자. 차분하게."

맨 먼저 마당에서 서성거리는 고양이 어미와 새끼들에게 먹이를 갖다주었다.

"너희는 지금 내가 무슨 상황인지 모를 테지. 하지만 배고픈 게 무슨 죄냐."

옷을 갈아입었다. 잠옷 바지 밑단을 무릎까지 걷어 올렸다. 도구함에서 멍키스패너를 챙겼다. 그나마 천만다행인 점은 동파에 대비해 탕비실에 예비 수도전을 몇 개 놓아둔 것이었다.

수도전 교체작업의 핵심은 탈착 이음쇠 링을 풀어서 해체하는 일이었다. 비좁은 욕조에 웅크린 채 좌우 양쪽 이음쇠를 푸는 작업은 나 자신과의 싸움이다. 손을 다쳐 피부가 찢어지는 것도 조심해야 한다.

낑낑거리며 이음쇠를 조금씩 풀어나가는 작업은 매번 녹록

지 않다. 도구를 두 손으로 꽉 쥐어 조절하면서 이음쇠에 잘 물리게 하더라도 걸핏하면 미끄러져 헛손질을 하기 일쑤에다가, 손가락과 손등을 부딪치는 게 수십 번이다.

크고 작은 멍키스패너가 세 개나 있지만, 작업 공간이 옹색하고 쇠끼리 미끌미끌하여 툭하면 빗나갔다. 짜증과 인내가 마음의 화두가 될 수밖에 없다.

서너 시간쯤 지났을까, 이렇게 해서는 도저히 안 되겠다는 생각이 들었다. 읍내 철물점이 문을 닫기 전에 얼른 달려가서, 사이즈가 큰 집게를 사오는 게 낫지 싶었다. 잠옷 바지 차림으로 갈 순 없으니 다시 바지를 갈아입었다. 성가신 과정이 줄을 섰지만 어떡하랴.

그동안 여러 차례의 동파 사고 덕분에 나를 알아보는 철물점 아주머니는, 작업이 더 수월할 것이라며 처음 보는 도구를 추천했다.

읍내를 쏜살같이 다녀왔다. 철물점 안주인 말대로 작업은 아까보다 조금 나아졌다. 그래도 툭하면 미끄러지며 엇나가는 짜증스런 작업이 반복됐다.

마침내 새 수도전으로 갈아 끼웠다. 이음쇠 사이로 물이 샐 만한 부분은 각종 테이프로 겹겹이 둘러 감쌌다. 다시 마당으로 가서 밸브를 열었다.

'자, 이제 과연 결과는?'

테이프로 감싼 부분에서 물이 조금씩 새어 나왔다. 80퍼센트 성공, 20퍼센트 실패였다. 그래도 이만하면 성공했다고 치자. 급수 나사는 아예 끝까지 꽉 잠가 버렸다. 새던 물은 그쳤다. 탕비실 순간온수기를 작동했다. 부엌 개수대 수도전 잠금장치를 열었다.

"와아, 뜨신 물이 나왔다. 만세!"

일단 이 정도면 지낼 만하다. 이렇게 지내다가 나중에 겨울이 다 가고 나면 다시 보충작업을 하면 되겠지.

"영회야, 참 수고 많았다. 고생했다. 일흔 넘은 노인 혼자 힘으로 이런 난관을 수습하다니 장하다. 넌 잘할 수 있어. 무슨 일이든 끝나기 마련이니까."

한참 동안 고생했더니 머리가 어찔하고 배가 고팠다. 고구마 한 개 삶고, 냉장고에서 딱딱해진 떡가래는 전자레인지에 넣어 말랑말랑하게 만들고, 달걀 한 개 냄비에 풍덩 삶았다. 간단하지만 달고 맛있게 잘 먹었다. 담뱃불을 붙여 들이마셨다가 내뿜는 연기가 큰 위로가 되었다.

한바탕 난리법석이 마무리되고 나니 마음은 평상심을 되찾았고 몸이 나른했다. 방금 몸과 마음을 송두리째 몰입시킨 상황도 이젠 지나갔다. 시달리던 그 일은 어느새 과거로 사라졌다.

매화 터진 날에 수도전이 터졌다. 매화 터져 좋은 날에 동파가 겹쳐 얄궂었다.

밤이 찾아왔다. 어두워지기 전에 내가 무슨 일을 겪었든 간에, 이제는 밤의 시간이고 하루를 마무리해야 할 시간이다.

봄소식·꽃소식과 동파, 이 두 가지를 동시에 겪은 이 하루를 뭐라고 이름 붙여야 할까. 버젓이 살아서 잘 움직였으니, 결국 좋은 날이었다.

살아서 숨 쉬는 동안 맞이한 일들이니, 그 자체로 복 터진 날이었다. 길고양이 녀석들도 잠자러 갔다. 고요하다.

경이로운 깨달음

삶을 놓아 버릴 수도 있는 최악의 상황에서, 죽음이 바로 코앞에서 으르렁거리는 극한의 두려움 속에서, 문득 평온한 깨달음이 찾아오는 순간이 있다. 그것은 삶의 신비로운 기적이다.

끝날 것 같지 않던 어둠의 기나긴 터널을 가까스로 통과하여, 마침내 환한 빛의 세상으로 들어서는 일이 실제로 우리 주변에서 일어난다는 것은 놀라운 복음이다.

이처럼 놀랍고 신비한 기적이, 마음속 관점 하나가 바뀌고 뒤집히는 순간의 반전으로 가능하다는 것은 더욱 엄청난 삶의 비밀이다.

이런 비밀의 열쇠가 내 안에도, 당신 안에도 분명히 감추어져 있다는 사실은 마음 설레는 일이다.

시냇물 건너서 숲으로 들어가는 길이다. 고개를 넘어서 난생처음 만나는 마을이다.

얼마 전 나는 사십 줄에 막 들어선, 나보다 무려 서른한 살이나 아래인 한창나이의 젊은 여성에 대해 알게 되었다. 나는 이 여성을 한 번도 직접 대면한 적이 없고, 그녀 또한 나라는 사람이 누군지 전혀 모를 게 틀림없다.

나는 그녀를 TV에서 처음 보았고, 곧장 책방으로 달려가 그녀가 쓴 책을 집어 들었다.

올해 마흔한 살이 된 그녀는 말기 암으로 4년째 투병 중인 국제적 기업의 임원이었다. 영상으로 접한 그녀의 얼굴은, 악전고투를 전혀 겪지 않은 것처럼 무척 평화스럽고 안정돼 보였고, 환하게 빛이 났다.

그녀의 글을 읽다가, 그녀가 나와 똑같이 《그리스인 조르바》를 무척 좋아한다는 공통점을 발견했다. 그리고 그녀 역시 '지금 여기'라는 시간과 공간 속에서 평범하게 지내고 있다는 걸 느끼게 되었다.

목표지향적이고 성취지향적인 모습을 과감히 떨쳐 버리고, 과거에 대한 후회나 미래에 대한 불안에서 훌훌 벗어나, 이제는 '생각'보다는 '감각'에 바탕을 두고 살아가는 사람이란 사실도 공유하고 있다.

그녀의 책을 덮고 나서, 문득 이런 장면이 떠올랐다. 날마다 지리산에서 혼밥을 먹는 나처럼, 오늘도 그녀가 혼자 찾는 그리스 음식점에서, 파스타와 샐러드를 감각을 총동원해 음미하는 모습이다.

몸은 말기 암 환자이지만, 그녀의 삶은 우리에게 이렇게 귀띔한다.

"'지금 여기'를 반듯하게 가꾸어야 할 책임은 나에게 있다. 다른 장소에 신경이 팔려서 이 공간을 소홀히 한다면, 그것은 죽은 것이나 다름없다. 죽는 것보다 못한 삶을 살 수는 없다."

'운디드 힐러 wounded healer'라는 표현이 있다. 상처 입은 치유자라는 뜻이다. 상처를 입었지만 그 상처를 통해 치유된 사람을 가리킨다. 축복을 뜻하는 영어 '블레싱 blessing'이, 상처를 입는다는 뜻의 프랑스어 '블레세 blesser'와 어원이 같은 점은 주목할 만하다.

축복도 복이고 회복 또한 복이다. 축복을 들여다볼 때 시련과 상처와 반전을 동시에 읽어낼 줄 아는 사람은 현명하다. 축복은 항상 좋은 옷만 입고 우리 앞에 나타나는 것은 아니다.

구들방 새 식구

어쩌면 줄기가 저렇게 단아하고 고울까, 날씬한 아가씨의 허리를 닮았다고 하면 방정맞은 표현일까.

온갖 잡동사니로 가뜩이나 비좁은 단칸 구들방이지만, 작은 화분 하나를 들여놓자 분위기가 사뭇 달라졌다. 나 말고는 다른 생명체가 없던 방이 한결 환해졌다.

이웃 마을 산동에 오랜만에 이발하러 갔다가, 나하고 이름 석 자가 점 하나 차이로 99퍼센트 똑같은 구영희미용실 아주머니에게 뜻밖의 선물을 받았다. 춘란이었다. 뒷산 소나무 근처에서 캐 온 것이라고 했다. 도회지 사는 오빠에게 주었더니 무척 좋아하더라면서.

나는 식물에 관해서는 아는 게 거의 없었다. 더구나 구들방에서는 매화 꽃가지를 페트병에 꽂아 잠시 감상한 것 외에는 식물을 제대로 키워 본 적이 없다. 새 식구이자 새 친구가 된 춘란과 인연이 얼마나 갈지는 두고 볼 일이다. 나중에 꽃대가 나오고 붉은 꽃까지 핀다면, 분명 나를 설레게 할 것이다.

검색해 본 조언에 따르면, 춘란은 습도가 잘 유지되는 게 중요하다고 한다. 햇볕이 잘 드는 구석에 두긴 했지만 항상 조금 열어 두는 문틈으로 밤이면 찬 공기가 드나들게 될 테니, 내 방으로 이사 온 춘란의 운명이 과연 어찌 될 것인지 조심스럽긴 하다.

춘란을 선뜻 선물한 아주머니의 마음 씀씀이에 내 마음도 푸근해졌다. 서울이라면 이런 일이 벌어질 턱이 없을 것이다. 사람 간에 정을 편하게 주고받는 곳에 살고 있다는 게 새삼 감사할 따름이다. 나는 미용실 아주머니에게 나의 여덟 번째 책을 건넸다. 그녀 역시 예상치 않은 선물에 기뻐했다.

아까 미용실 가는 길에 들른 붕어빵 포장마차 주인이 퍽 반갑게 맞이해 준 덕분에, 붕어빵 맛이 유난히 더 좋았다. 그 직후에 춘란이 내게로 오다니 오늘은 참 행복한 날이었다.

연타석으로 즐거운 일이 또 하나 벌어졌다. 산 너머 함양에서 산불감시원으로 일하는 후배가 멋진 천왕봉 풍경을 불쑥 보내왔다.

저 멀리 하얗게 눈 덮인 설산 위로 흰 구름 몇 점이 흘러가는 광경이었다. 수만 년의 세월을 끄떡없이 버티며 우뚝 솟은 산꼭대기도 하얗고, 하늘에 무심히 떠가는 구름도 하얬다. 내가 떠난 뒤에도 여전할 대지의 가장 높은 곳과, 하늘 중에 가장 낮은 허공이 맞닿은 곳에 떠 있는, 한순간에 덧없이 사라질 구름!

영원과 순간의 빛깔이 둘 다 하얀 까닭이 있을 것이다. 인간의 알량한 헤아림으로는 마치 상반된 것처럼 여겨지는 이 두 가지의 현상이 똑같이 하나의 하얀 빛깔인 까닭이 있을 것이다. 그러나 그 까닭을 아는 인간은 없을 것이다.

나는 후배에게 오늘 저녁 식사를 같이할 수 있겠느냐고 물었다. 잠시 후 그의 아내도 번개 제안을 반가워하면서 기꺼이 집으로 초대했다.

마천 산기슭 후배 부부의 집에서 우리 셋은 정답게 만나 맛있게 저녁을 먹었다. 그리고 우리의 삶과 인생길 인연 이야기를 진지하게 나눴다.

후배의 아내는 60대 후반이었다. 그녀는 암 투병 중이었지만, 병원 치료를 받는 대신에 자기만의 방식으로 상황을 극복해 나가고 있었다. 그녀의 건강상태는 괜찮아 보였다.

이윽고 밤이 더 깊어지기 전에 이들 부부가 피곤할 수 있겠다는 생각에 자리에서 일어섰다.

구례로 다시 돌아가는 동안 어둠 속 찻길은 고요했다. 밤중에 지리산을 가까이 두고 혼자서 천천히 차를 몰아 이동하는 일은, 언제나 자신을 되돌아보게 만든다. 이것을 '운전 사색'이라 부르든 '사색 운전'이라 부르든 아무튼 마음이 차분해지면서 내면의 고요한 나를 마주하게 된다. 이 사색은 오직 물음표 하나로 압축된다.

'나는 지금 어디로 가는 것일까?'

산마을 구들방에 들어서자 오늘 이사 온 새 식구 춘란이 말없이 반겼다. 날마다 밤을 맞이하지만 춘란 덕분에 오늘밤은 동물인 나와 식물인 춘란이 동거를 시작한 첫 밤이 되어 특별했다.

춘란 화분을 구석에서 방 안쪽으로 조금 더 당겨 놓았다. 겨울 찬바람이 드나드는 통창 문도 약간 더 닫아서 틈새를 줄였다.

"어이, 새 친구, 자네도 편히 잘 쉬길 바라네."

눈보라

들판에, 마당에 눈발이 가득 휘날렸다. 산마을로 들어설 때 그랬다.

하지만 불과 20분 뒤쯤 저녁밥 챙겨 먹으러 나설 때, 놀라운 변화가 벌어졌다. 조금 전까지 하늘을 모조리 가렸던 구름이 순식간에 사라지고 하늘이 감쪽같이 맑아졌다. 흘러가는 먹구름 너머 푸른 하늘에 샛별이 혼자 반짝였다. 언제 눈보라가 몰아쳤었냐는 듯.

인간은 도저히 이런 탈바꿈을 할 수 없다는 생각이 들었다. 방금 천지에 눈보라가 휘몰아쳤을 때, 그 풍경 하나에 참 많은 것들이 담겨 있고 얽혀 있다는 걸 느꼈다.

서울에서 내려오는 길이었다. 300km를 달려와 맞닥뜨린 눈보라였다. 이 눈보라를 보러 먼 길을 달려온 셈이었다.

눈보라는 아직 버젓한 겨울 속에 있음을 일깨웠다. 그러나 눈보라를 보는 순간, 며칠 전 금둔사 마당에서 곧 터질 듯 잔뜩 부풀어 있던 매화가 겹쳐 떠올랐다. 눈보라는 겨울 속에서 생겨난 것이었으나, 결국 겨울의 끄트머리에서 마지막 공연처럼 펼쳐진 것이었다.

눈보라는 오히려 다가서는 봄을 상기시켰다. 그러고 보니 눈보라는 일인다역을 해내는 솜씨 좋은 배우를 닮은 듯했다. 눈보라 이전과 눈보라 이후를 눈보라가 시종 연결하고 있었다. 눈보라는 단지 한 장면이 아니었다.

강물만 강이 아니듯이, 강물 위를 날아가는 새도 강이듯이, 강물의 어느 한 지점은 그 지점 이전과 그 지점 이후를 동시에 연결하고 있듯이, 눈보라도 그랬다.

눈보라 한 장면에는 정말 많은 것들이 담겨 있었다. 나 한 사람에게 모든 세상이 담겨 있듯이. 눈보라는 나와 하나도 다르지 않았다. 눈보라는 나였다. 나도 눈보라였다.

밤이 되자 눈보라는 눈보라가 그친 밤을 남기고 사라졌다. 다시 천지사방이 고요하다. 아까 그 눈보라는 지금도 내 안에 남아 있다.

처염상정處染常淨! 깨끗한 천지를 눈보라가 어지럽히더니, 그 눈보라가 걷히면서 천지가 다시 깨끗하다.

밤바람

쏴아아! 삐이이익! 덜컹!

한밤중에 부는 바람은 가끔 잠을 깨운다. 바람 소리에 몸의 감각이 반응하는 것이다.

나의 구들방에는 출입구가 두 군데 있다. 마당으로 통하는 큰 창문, 그리고 부뚜막으로 허리 숙여 나가는 작은 쪽문.

나의 오래된 습관은 추운 겨울에도 문을 완전히 닫지 않고 약간 열어 둔 채로 통풍하며 지내는 것이다. 문을 꽉 닫으면 바람은 막지만 왠지 답답하다. 폐소공포증이 있는 것은 아니다.

그러다 보니 한겨울에는 방 안 공기가 무척 차다. 얼굴과 머리통이 시리다. 어깨와 손은 이불 안에 넣고 잔다. 그래도 결국 잠든다. 15년째다.

바람이 강하게 부는 날에는 소리가 커져서 깨는 것이다. 특히 밤바람이 지어내는 소리는 가만히 듣다 보면, 묘한 느낌이 든다. 바람은 어루만지고 쓰다듬고 스쳐 가거나 강하게 부딪치는 것들을 만날 때 여지없이 소리를 낸다.

밤바람은 고요함을 더욱 선명하게 각성시키는 촉매다. 천지 사방이 고요한데, 바람이 불어 소리를 내다가 바람이 그치면 원래의 고요함이 되살아나기 때문이다.

고요함은 깨질 때 그 존재를 드러낸다. 귀가 멍해지는 듯한 고요함, 그것은 한바탕 시끄러움이 지나간 다음에 더욱 확연하다. 마음속이 한창 시끄럽다가 집중하면 고요해지듯이. 지구상에 인류가 생겨나기 이전부터 고요함과 소리는 동전의 양면처럼 공존했을 것이다.

마음이 바야흐로 고요해진다는 것은, 몸의 감각들이 잦아들거나 초점 밖으로 사그라들어, 눈·귀·코·혀·살갗 등 감각을 끌어들이는 작용이 멈추고, 오로지 집중된 마음 하나가 또렷이 의식 전면에 나타나는 상태를 가리킨다.

참으로 말똥말똥하여 무엇이든 잘 알아차리면서 흐트러지지 않는 존재가 당신과 내 안에 분명히 있다는 것을, 밤바람이 안내하는 것이다. 이것이 바로 마음의 중앙선이자 심지心志다.

도나캐나

밤이 나를 재웠고 새벽이 나를 깨웠다. 아니다. 밤이 되자 나는 잠을 청했고 새벽이 되자 나는 일어났다. 잠을 자고 일어나는 일을 놓고 보면 '나'는 우리말 어법으로 목적어도 되고 주어도 된다.

지리산 자락에서 살아가는 내 모습을 한 단어로 표현한다면, 부사副詞를 빌려오는 게 적절할 것이다. 부사는 뒤따라오는 단어의 뜻이 더욱 명확해지도록 곁에서 시중드는 품사다.

글 잘 쓰는 최고 문장가 김훈 선생과 얘기를 나누다, 그는 형용사와 부사를 '박멸'하기로 했다는 특이한 말을 들었다. 박멸한다는 것은 한마디로 완전히 다 없어질 때까지 모조리 '때려잡는다'는 뜻이다. 굳이 수식어를 갖다붙이지 않아도, 간결한 글로 승부를 가린다는 엄청난 자부심이자 결연한 자세를 내보인 것이다.

하지만 나의 지리산 생활을 딱 한마디로 말한다면 과연 어떤 단어가 가장 잘 어울릴 것인가. 내 딴에 진지하게 생각한 끝에 마침내 찾아낸 표현이 바로 부사다.

도나캐나! 이 부사를 김훈 작가는 수식어 박멸 원칙에 따라서 가볍게 털어 버리겠지만, 나로서는 내다 버릴 수가 없다.

지리산에서 어떻게 살고 있느냐고 누가 묻는다면, 나는 그냥 어찌어찌 산다고 말할 수밖에 없다. 그래서 국어사전 속 부사의 순우리말인 '어찌씨'를 들먹이는 것이다. 직장생활을 끝마치고 서울에서 내려와 하루하루 늙어 가는 처지에, 무슨 정해진 틀이 있고 무슨 야무진 계획이 있을까.

그래서 날마다 그저 벌어지는 대로, 강물 위에 떠내려가는 종이배처럼 살다 보니 '도나캐나'가 되었다. 나에게 도나캐나는, '함부로'라는 뜻이 전혀 아닐뿐더러 체념이나 자포자기도 아니다. 순응이고 항복이다. 다른 선택의 여지가 없다.

몸이 늙어 가는 것은 의학용어로 노화이다. 노화를 늦춰 보려는 '저속노화'이든, 늙는 줄도 모르고 쩔고 까불어 '고속노화'에 박차를 가하든, 그 어느 쪽도 노화라는 단어를 피할 수 없으니 이것이 노년의 운명이다. 하늘이 조치해 놓은 생로병사의 하늘나라 입국심사 절차다.

생로병사 네 글자 중에서, 병病을 앓는 일만 쏙 빼고 싶지만, 이 또한 나의 희망사항일 뿐이다. 하늘은 내가 바라는 플랜 A를 쿨하게 무시한 채 플랜 B로 조치할 것이 틀림없는 마당에, 날마다 하늘 쳐다보는 일은 상당히 익숙한 습관이 되었다.

그래도 하늘과 구름과 해와 달과 별을 자주 올려다보면, 추스르는 게 있고 얻는 게 있다. 별것도 아닌 일에 찧고 까부는 경솔함과 어리석음을 일깨워 주니까.

어제 혼밥 점심을 먹으러 단골 식당에 갔다가, 특별한 인생길을 걸어온 사람을 우연히 만났다.

식당 주인의 후배라는 그는 한평생 바다 위 배처럼 흘러온, 정년을 눈앞에 둔 화물선 선장이었다. 섬에서 태어나 청소년 시절을 바다와 섬에 놓여 살다가 선장의 꿈을 이루었으니, 그야말로 바다 외길 인생이었다.

그는 중동 아덴만 앞바다에서 석해균 선장이 해적을 만나 구사일생으로 살아난 지 두 달 뒤, 같은 곳에서 해적에게 박격포 공격을 당했던 바로 그 박朴 선장이었다.

그와 나는 처음 만난 사이치고는 편하게 이야기를 나누었다. 이제 머지않아 그의 인생길은 바다를 떠나 마침내 육지에 상륙할 참이었다. 처음 만난 그의 눈에 나는 아마 은퇴 이후 삶에 관한 하나의 참고 대상이었을 것이다. 그 역시 은퇴하고 나면 나처럼 '도나캐나' 사는 일이 무엇인지를 차차 알게 될 것이다.

창밖 마당에 물까치 두 마리가 날아들어 먹거리를 찾는다. 글을 끼적이다 말고 까치를 물끄러미 바라보니, 까치도 나를 힐끗 쳐다본다.

저 녀석도 나처럼 오늘 하루를 도나캐나 살고 있을까.

시시하지만 어련한 것들

몸 안에 있다가 몸 바깥으로 나가야 하는 것들을 내보내기 위해 마당 한구석에 있는 재래식 화장실에 갔다. 이 마을에서 구식 화장실은 내 집밖에 없다. 며칠 동안 추웠던 날씨가 다행히 풀린 덕분에 볼기짝 시린 걱정은 덜었다.

구들방 바깥에 덧대어 만들어 놓은 평상 아래 슬리퍼를 신고 발걸음을 떼는 순간부터 화장실까지 몇 걸음이나 될지 문득 궁금해졌다. 편한 보폭으로 마흔다섯 걸음이었다. 이 집에 산 지 15년 만에 처음으로 걸음 수를 재었으니, 마흔다섯 걸음이란 걸 오늘 처음 알게 되었다.

늘 하는 일도 이렇게 자세히 되살피면 의외로 몰랐던 사실을 발견하게 된다.

구들방 문을 항상 약간 열어 놓듯이 화장실 문도 이용할 때마다 조금 열어 놓는다. 어차피 나 혼자이니까. 아무도 볼 사람이 없으니까.

열린 문 사이로 가끔 참새가 저만치 날아와 앉아서 나를 힐끗 훔쳐보거나, 길고양이 녀석이 지나가다가 슬쩍 곁눈질을 할 때가 있다. 하지만 이 녀석들이 나를 처다보는 것이 왜 전혀 부끄럽지도 않고 굳이 감출 필요도 없고 오히려 반기면서 심지어 말을 걸기도 하는지 잘 모르겠다.

사람이 엿보는 게 아니니까 그렇다고 한다면, 사람들끼리는 못 볼 것도 많고 보지 말아야 할 것도 여러 가지라는 생각이 든다. 툭하면 사람과 사람 사이가 문제다. 오직 그것만이 성가시고 신경 쓰이는 일이다. 지켜야 할 선이라는 게 있다고? 선이 무너지면, 선을 넘어서면 곤란하다고?

오랜 역사를 가진 천년고찰의 스님들과 수행자들이 이용하는, 걱정을 덜어 해우소解憂所라는 명칭이 붙은 뒷간에는, 칸막이는 있어도 문이 아예 없는 곳이 많다. 인간의 대표적 감정들 중 하나인 부끄러움을 극복하고 벗어나는 깊은 경지를 추구하기 때문이라고 들었다. 대소변 보는 광경을 누가 본들 그게 무슨 대수냐 하는 정신을 지니라는 가르침일 것이다.

별생각 없이 지나치는 아주 시시한 일상사 속을 더듬어 들어가면, 거기에는 매우 어렵고 엄연한 것들이 도사리고 있다.

야생의 생명체들이나 새들에게 화장실이 따로 필요 없는 점은 부럽다. 주인의 배려로 반려동물의 화장실이 집 안에 버젓이 갖추어져 있는 모습은 품격일까? 진화일까? 퇴행일까?

나는 내일도 마당 화장실에 가려면 마흔다섯 걸음을 걸어야 한다. 마흔다섯 걸음 이후에 좋은 점은 하나 있다. 개운함이다. 비우는 일은 개운하다. 어련하다.

번거로움의 최소화

내가 지리산에 내려와 지내는 참다운 의미를 핸드폰이 새삼 일깨워 주었다.

핸드폰이 1박 2일에 걸쳐 나를 번거롭고 성가시게 만들었다. 엊저녁부터 갑자기 메신저가 먹통이 되었다.

서울의 아내와 두 딸과 날마다 아침 인사부터 잘 자라고 하는 밤 인사까지 온종일 수시로 교신하며 지내왔다. 교신이 되지 않으면 당장에 가족들은 혼자 지리산에 내려가 사는 70대 독거노인의 신상에 혹시 무슨 일이라도 생겼을까 걱정이 앞선다는 걸 잘 알고 있기 때문이다.

핸드폰을 일단 껐다가 다시 켜는 기능조차 말을 듣지 않았다. 내가 할 수 있는 것이라고는, 날이 밝으면 멀리 남원에 넘어가서 이동통신업체 또는 기기판매업체의 서비스 센터에서

도움을 받는 것이었다.

두 곳 중에 어느 곳을 먼저 찾아가는 게 좋을지 고민하다가 이동통신업체로 먼저 향했다.

영업 개시 시간인 오전 9시에 맞추려면 구들방에서부터 서둘러야 했다. 간단히 아침을 차려 먹으랴, 세수하랴, 옷 갈아입으랴 한바탕 부산을 떨었다. 천만다행으로 전화는 연결되어 가족들에게 상황을 알렸다. 안심시키는 일이 급선무였으니까.

이동통신업체의 고객상담실에 들어서자 여성 직원 세 사람이 창구에 나란히 앉아서 업무를 막 시작하려던 참이었다. 고객은 나 한 사람뿐이었다. 서울 같으면 어림없는 일이었다.

대기표 1번을 받아 기다렸다. 창구 직원 세 명 가운데 누가 나를 상대할지 헤아려 보았다. 눈치가 둔하지 않은 나는 이런 곳에서 어깨 힘을 완전히 빼고서 '고객이 왕'이 아니라 '철저한 을'의 모드로 재빨리 태도를 전환하는 게 상책이란 걸 경험으로 익히 알고 있었다.

고분고분하게 잠시 대기했다. 맨 오른쪽 직원이 얼굴에 로션을 바르다가 눈이 마주치자 민망한 듯 웃음을 지었다. 나는 "잘 바르십시오"라고 넉살스럽게 분위기를 눙쳤다. 왼쪽 직원과 가운데 직원은 나를 상대할 기색이 아니었다. 아마 그들 사이에 내가 알지 못하는 업무 관행이 있으리라 짐작하며 가만히 군말 없이 더 기다렸다.

그러자 로션을 다 문지른 직원이 나를 불렀다. 나는 핸드폰에 발생한 문제를 요약해 설명했다.

직원은 핸드폰에서 유심칩을 꺼내 살핀 뒤 메신저 창에 들어가 이리저리 점검을 시작했다.

"메신저 자체의 저장 공간이 있는데요, 저장 용량이 가득 찼을 경우에 교신이 멈출 수 있어요. 일단 정리해 볼게요."

나는 직원이 포착한 문제점을 이해했다. 잠자코 기다렸다.

"아아, 이제 되네요. 다시 사용하실 수 있어요."

속으로 안도했다. 문제가 금방 해결되어 다행이었다. 나는 직원에게 메신저 저장 공간 비우는 방법을 가르쳐 달라고 요청했다. '미스 로션'이 친절하게 일러 주었다.

꾸벅 감사를 표하고 건물을 나서자마자 가족들과 안부 메시지를 주고받았다. 가족들도 기뻐했다. 1박 2일 동안의 신경 곤두섬이 씻은 듯 사라졌다.

구례로 돌아오는 길은 다시 편안하고 즐거웠다. 오늘 아침 9시 이전까지 나를 피곤하게 만들었던 그 일이 9시 직후부터 반전 국면으로 바뀌었다.

문제가 닥쳤을 때, 그것이 해결된 이후를 상상하면서 차분히 접근하는 게 역시 현명한 태도라는 생각이 들었다.

'지나가리! 지나가리! 이 또한 지나가리!'

단골 카페에 들러 아이스아메리카노를 챙겼다. 주유소에 들러 기름을 채웠다.

마당에 들어서니 물까치 몇 마리가 먹거리를 찾고 있었다. 작약나무 잎사귀들이 햇빛을 포옹하며 그 빛을 나에게로 튕겼다. 구들방 책상 바로 바깥에서 항상 나를 마주 바라보는 매화나무 가지에 꽃망울들이 더 많이 생겨나 훈풍에 살랑거렸다.

나는 다시 제자리로 돌아온 기분이 들었다. 이것으로 충분했다.

2부

봄이 오는 숲으로 마을로

1년 만에 매화를 마주하다

활짝 듬뿍 피어난 매화를 보게 되리라곤 예상치 못했다. 기습적인 상봉이었다. 꼭 1년 만의 재회였다. 얼마 전 전국에서 가장 일찍 꽃망울을 터뜨린 납월홍매臘月紅梅, 즉 음력 12월 섣달에 핀 홍매화 사진을 접하긴 했지만, 실물로 마주하니 감회가 전혀 달랐다.

피었어야 드문드문 몇 송이쯤 보려니 생각했다. 그러나 뜻밖에도 섬진강 하류 광양 다압多鴨의 길가에서, 한꺼번에 망울을 터뜨린 매화를 만나게 되었다. 홍쌍리 매화마을에 이르기도 전에 보란 듯이 흐드러지게 피어 있었다. 잠시 후 가 본 매화마을에는 아직 망울들만 부풀어 있었다.

이틀째 비가 내렸고, 산봉우리는 여전히 눈을 덮어쓴 채로 겨울이 버티고 있었다. 설중매였다. 무척 반가웠다. 그리고 소중했다. 어찌어찌 1년을 보내고 다시 만난 매화였다. 매화를 또 바라볼 수 있다는 게 감사한 일이었다.

더구나 매화 구경꾼은 나 혼자였다. 그 동네 사람을 제외하면 내가 첫 발견자인 셈이었다. 근방의 지인들에게 꽃소식을 전하자 모두 금시초문이라는 반응이었으니까.

내 눈앞에 매화가 이렇게 등장하기까지 매화의 세월과 매화의 시간들은 참으로 어런했을 것이다. 꽃 한 송이를 피워낼 때까지 매화를 도왔던 수많은 작용들을 짚어 본다면 눈물겹다고 해도 지나침이 없을 것이다.

가벼운 마음으로 쳐다볼 일이 아니었다. 매화 송이들에 얽힌 무수한 인연들, 땅속부터 하늘까지 온 우주가 힘을 합친 역작이었다. 즉석에서 매화 사진을 전송한 지인들에게, 매화를 소중하게 음미할 것을 당부했다. 그들도 나도 특별한 마음을 지니고서 대하는 게 마땅하다는 생각으로 그랬다.

욕심을 부린다면, 꽃이 피어난 가지를 몇 개 꺾어 나의 구들방 새 식구가 된 춘란 옆에 나란히 두고 싶었지만, 그렇게 하지는 않았다.

늦점심 겸 이른 저녁 요기를 하러 재첩 국숫집에 갔을 때, 안주인과 도우미 아주머니에게 드디어 매화가 피었노라고 귀띔해 주었다. 식당일 하다 보면 못 볼 수도 있으니까.

식당을 나설 때 안주인은 나에게 서울 사는 딸의 빵가게에서 만든 빵 여러 개를 푸짐하게 담아 내밀었다.

매화 피어난 것을 보려고 이미 두 차례나 순천 매곡마을과 낙안 금둔사에 갔다가 허탕을 쳤던 발걸음이, 마침내 오늘 섬진강 아랫녘에서 결실을 보았다. 찾을 때는 안 보이다가 무심해지니 내 앞에 나타난 것이었다. 매화를 만나고 나니 마음속이 개운하고 후련했다.

이제 구들방 창밖의 매화나무에서도 머지않아 꽃망울이 터질 테지. 아직 겨울 끄트머리이지만 달력을 보니 마침 내일이 경칩驚蟄이다.

매화 피면 산수유 피고, 개나리와 진달래 피고, 철쭉까지 피어나면 그때는 늦봄에 놓일 것이다. 대지의 땅속에서 그리고 하늘에서 설렘이 사부작사부작 다가오고 있다. 아니다. 내 마음속 옹달샘에서 새로운 설렘이 작은 물방울처럼 볼록 솟아나오고 있다.

산마을에 밤이 찾아오니 비가 그쳤다. 그동안 도나캐나 두었던 양말들을 가지런히 정리했다. 그중에서 두껍지 않은 열 켤레는 비닐봉지에 싸서 자동차에 갖다 놓았다. 차박 여행이 머지않아 시작될 테니까.

마을은 고요하다.

경칩

정령치 고갯길을 오를 때, 산 공기는 춥지도 따스하지도 않았다. 길가에는 아직 흰 눈이 쌓여 있기도 했고, 녹아서 물기가 되어 스며들기도 했다. 있기도, 사라지기도 하는 상태였다.

아침에 무작정 길을 나섰다. 지리산을 종일토록 한 바퀴 돌아보고 싶어서. 시계방향으로 돌지 역방향으로 돌지 갈림길에서 잠시 망설이다가 남원 쪽을 향해 차를 꺾었다.

차창을 두들기는 것은 비였다. 하지만 동시에 차창에 내려앉는 것은 눈이었다. 하늘에서 비와 눈이 함께 내려왔다. 눈은 자동차와 대지에 닿자마자 순식간에 물로 바뀌어 비에 섞였다.

그때 곡성 김탁환 작가의 메시지가 도착했다. 내가 보낸 매화 꽃소식에 대한 응답을 겸해, 바뀌고 있는 두 계절 사이에 놓인 소회를 간결한 두 문장으로 전해 왔다.

"아득하네요. 겨울에서 봄으로."

운봉에 들어서니 산과 능선은 아예 그곳에 있지도 않은 것처럼 구름과 안개에 파묻혀 모습이 보이지 않았다.

서어나무숲 산책길에, 그리고 낙엽 더미에 아직 눈이 남아서 나무들이 티 내지 않고 은근하게 변신하는 일을 돕고 있었다. 서어나무들은 겨우내 그랬던 것처럼 정직한 모습으로, 혼자 나타난 인간인 나를 맞이해 주었다. 나무들의 정직한 기운이 나에게 전해졌다.

봄·여름·가을·겨울 계절을 가리지 않고 자주 찾아온 숲이었지만, 이미 지나간 그 시간들은 기억 속 과거의 창고에 박제되어 있을 뿐이다. 지금 이 순간의 서어나무들과 만나고 있다는 직접성과 현재성이 더 중요하고 소중하다는 생각이 들었다.

'찾아온 적이 있다'는 과거형 사실보다는, '지금 찾아와 있다'는 현재진행형 사실이 훨씬 의미가 컸다. 인생길 전체가 지금과 여기의 총집합 아닌가. 지금이 아닌 것은 아무런 소용이 없다.

인월 제비카페를 지날 때 전유성 씨가 있을지 모른다는 짐작이 들긴 했지만 그냥 지나쳤다. 얼마 전에 이미 만났으니까.

실상사 입구에 차를 멈추고 건너편 백일식당으로 들어섰다.

점심 무렵이 되어 요기하려고. 그런데 뜻밖의 마주침에 나는 깜짝 놀랐다. 아는 스님 두 분이 앉아 계셨다. 실상사 주지 선재스님과 노스님이었다.

마침 두 스님도 아직 식사 전이었다. 주지스님도 깜짝 놀라며 반가워했다.

"어서 오세요. 김치찌개를 주문했는데 괜찮으시면 여기 함께 앉아서 식사하면 어떨지요?"

나는 혼자 먹기에 편한 추어탕이나 한 그릇 챙겨 먹으려던 참이었으나, 평소 좋아하는 김치찌개라니 잘된 셈이었다.

손맛 좋은 주인 할머니가 얼른 푸짐한 양의 찌개를 내놓았고, 밥도 새로 찰지게 지어 한 그릇을 더 퍼서 갖다주었다.

적당히 혼밥으로 한 끼를 때우려 했는데, 잘 차려진 찌개백반은 뜻하지 않은 횡재나 다름없었다. 더구나 막 끓인 찌개와 갓 지은 찰밥의 맛은 일품이었다. 꿀맛이었다.

주지스님과 나는 밥 한 그릇을 금방 비우고, 미리 갖다 놓은 새 밥을 절반씩 나누어 흡족하게 배를 채웠다. 내가 말했다.

"오늘이 마침 경칩이라 지리산을 한 바퀴 돌아볼 요량으로 나섰다가, 인연이 오래된 식당이 보여 별생각 없이 들어왔습니다. 그런데 뜻밖에도 두 스님과 마주치고 이렇게 맛 좋은 점심 공양까지 얻어먹으니, 경칩 가피네요, 허허허!"

절의 온갖 대소사를 도맡아 늘 분주한 주지스님은, 템플스테이 이야기를 꺼냈다. 일주일마다 3박 4일씩 벌써 5년째인데, 이번에 추운 날씨와 어수선한 시국에도 전국에서 여섯 사람이 먼 길을 애써 찾아왔더라고 전했다.

스님은 직접 프로그램을 짜서 운영 중인 템플스테이의 주안점을 설명했다. 그동안 살아오면서 남들에게 상처를 주거나 잘못했던 과거를 되돌아보는 사티SATI(알아차림) 공부의 길라잡이를 한다는 것이었다. 참회하면서 업業을 씻어 낸다는 취지로 이해했다.

두 스님이 식당에서 먼저 나간 뒤, 주인 할머니와 잠시 이야기를 나누었다. 주지스님이 노스님을 언제나 극진하게 모시는 모습이 참 보기 좋다고 내가 말하자, 할머니는 그동안 내가 전혀 몰랐던 사실을 귀띔해 주었다. 친숙한 할머니 앞에서 주지스님이 노스님을 가리켜 말할 때, '울아부지'(우리 아버지)라고 표현한다는 것이었다. 진짜 친아버지가 아닌 이상, 스님들 사이에서는 매우 보기 드문 표현이었다.

나는 속으로 놀랐다. 이런 경우는 흔하지 않다는 걸 어느 정도 알고 있기 때문이었다. 아마 두 스님 사이에 제3자가 섣불리 예단하기 어려운 아주 특별하고 각별한 관계가 이루어져 있으리라 짐작되었다.

주인 할머니와 작별하고 다시 길에 올랐다. 함양 땅이 끝나고 산청 금서부터는 완만하지만 계속 오르막이다. 동의보감촌에 이를 때까지 저단 기어로 운행하는 게 편하다. 꽤 오랜 터널 공사는 아직도 마무리 작업이 계속되고 있었다.

이윽고 동의보감촌에 들어섰다. 이곳에서 작은 휴게 쉼터를 운영하는 지인을 잠깐이라도 보기 위해서였다. 지리산을 한 바퀴 돌 때마다 가끔 만나 서로 안부를 확인하는 지인이었다. 중년에 접어든 딸의 안부를 묻자 지인이 말했다.

"가게 일은 적성에 맞지 않나 봐요. 서울에 미용 공부하러 갔어요."

나는 자식을 떠나보낸 그의 마음을 달래 주었다.

"우리도 그 나이 때 앞길 찾느라 이리저리 궁리가 많았잖소, 다 키운 자식한테 너무 신경 쓸 것 없이 우리 자신이나 잘 챙기는 게 맞는 방향 같아요."

그도 공감을 표했다. 가게를 나설 때 대추차 값을 치르려는 나에게 손사래를 치더니, 찹쌀떡과 빵, 젤리 등등 이것저것 푸짐하게 두 봉지에 나누어 담아서 건넸다.

산청 삼장면을 지나 시천면에서 이번에도 인적이 드문 고갯길을 택했다. 종종 오르내릴 때 매우 한적하여 길 다니는 맛이 나는 편안한 코스였다. 마음속 번뇌도 다스릴 수 있었다.

하동 횡천을 지날 때 이곳이 고향인 서울의 어느 후배가 문 득 떠올랐으나, 오늘은 메시지 보내는 것을 생략하고 그냥 지 나쳤다.

구례 간전을 지날 때 어둑어둑했다. 평소 내가 석양을 바라 보기를 좋아하는 무수내 쉼터에 차를 멈추었다. 어느새 하루 가 거두어지고 있었다. 쉼터 의자에 앉았다.

섬진강은 내가 이 쉼터에 있든 말든 흐르고 있었다. 서어나 무처럼 정직하게 무심하게 흘렀다. 정직하고 무심하니 믿음직 했다.

오늘도 내가 얻어 지닌 것은 정직과 무심이었다. 놓치면 또 새기고, 벗어나면 또 새겨 지니고. 내 삶에서 이제 목적이나 목표는 내려놓은 지 오래되었지만, 남은 일이라곤 그것뿐이 었다.

마음속 심지를 하나 더 보태서 두 가닥으로 만들고 두 개 모 두 불을 붙이면, 쌍심지를 켜는 것일까. 눈을 말똥말똥 뜨지 않으면 헛일이다.

지리산에서 지중해로

내가 살아가는 지구에서, 열흘 동안 나의 시간과 공간이 이동했다. 한국 지리산에서 유럽 지중해로 갔다.

서울에 올라가 아내와 함께 밤늦게까지 짐을 꾸렸다. 자정을 넘긴 아파트 베란다에서 바라보았던 빌딩 숲은, 하루 뒤에 크루즈(대형 여객선) 선실 발코니 너머의 지중해로 오버랩되었다.

한국의 남쪽 바다를 자주 바라보다가 잔잔한 물살을 미끄러지듯 헤쳐 나가는 커다란 크루즈 위에 올랐다. 캄캄한 밤중과 이른 새벽에, 그리고 아침과 낮에 여행 기간 내내 지중해를 실컷 바라보게 되었다.

배는 저녁이면 뱃고동을 울리며 밤마다 이동했다. 스페인 바르셀로나 항구를 출발하여 프랑스 마르세유, 이탈리아 제노

바, 로마, 시칠리아 그리고 몰타를 거친 뒤 다시 바르셀로나에
돌아오는 여정이었다.

육지에서 바다로, 바다에서 육지로 번갈아 옮겨 다녔다. 서
부 지중해였다.

거의 40년 만에 아내와 내가 함께 나선 부부 동반 여행이었
다. 단 한 번 인생길이 더 저물기 전에 더 늦기 전에 큰마음 먹
고 이색적인 추억을 만들기 위해서였다.

아내는 가끔 두 딸이나 친정 가족들과 친구들이나 성당 교
우들과 해외여행을 한 적 있다. 하지만 나와의 여행은 1980년
대 후반 30대의 프랑스 연수 시절 이후로 처음 있는 일이었다.
그사이 40년 세월이 훌쩍 지나갔다. 어느새 나는 70대 초반,
아내는 60대 끄트머리였다.

프랑스 연수 시절 큰딸이 여섯 살, 작은딸이 한 살이었을
때, 이탈리아 로마 여행을 해보려고 비행기 예약까지 마쳤다.
그런데 갑자기 작은 녀석이 고열 감기에 시달리는 바람에 아
쉽게 포기했다. 그 이후 인생의 절반 40년이 흘러가 버린 것
이다.

인연은 인연이 닿아야만 그 인연이 데려다주는 곳에 놓이는
법이라는 걸 다시 한번 깨우치게 되었다.

이번 여행 내내 아내와 나는 같은 배를 타고 함께 돌아다녔다. 모태 가톨릭 신자인 아내는 주로 로마 바티칸 베드로 대성당을 비롯해 유서 깊은 성지 순례에 관심을 보이고 감동했다.

나의 관심은 아내와 달랐다. 가는 곳마다 명소였지만, 나의 눈길은 걸핏하면 바다와 하얀 물거품과 하늘과 구름과 별과 햇빛과 산과 나무 그리고 언어와 국적이 다른 사람들의 모습에 머물곤 했다.

특히 온종일 근무하느라 날마다 밤을 꼬박 새우다시피 하는 청소부와 식당 종업원들이 눈에 들어왔다. 이 여행이 그들의 묵묵하고 고단한 수고 덕분에 순조롭게 진행됨을 깨달았다.

그들도 나도 꼼짝없이 배에 갇혀 지내는 터라, 여러 날을 함께 머무는 동안에 자주 맞닥뜨리면서 조금씩 낯을 익혀 갔다. 그중 두 사람과는 볼 때마다 반갑게 인사를 나누며 몇 마디 말을 섞는 사이로 발전했다.

둘 다 40대로 보였다. 청소부는 남자였고, 종업원은 여자였다. 두 사람이 나를 어느 정도 익숙하게 대한다는 것을 느꼈을 때, 정중하고 조심스럽게 국적을 물어보았더니 참 공교롭게도 둘 다 인도가 고향이라고 한다.

워낙 큰 여객선이라 일하는 사람들끼리도 본인 담당 구역을 벗어나면 다른 노동자를 알지 못한다고 했다.

나는 과거 현역 시절 인도를 두 차례 가 본 적이 있다고 했다. 그 이야기를 꺼내자, 청소부 파브리스와 종업원 에스티에르는 무척 반가운 기색을 나타냈다. 과거 나의 직업도 만만치 않은 야근이 숱하게 많아서 두 사람의 고달픈 노동을 잘 이해하며 존중한다고도 말했다. 사내와 여인의 눈빛이 한층 부드럽게 바뀌는 것을 직감으로 느꼈다.

파브리스와 에스티에르에게 가족들이 날마다 그립겠다는 말도 건넸다. 이역만리 힘든 객지에서 힘겨운 노동자 생활을 버티며 지낼 수 있는 것은 그래도 가족 덕분 아니겠냐고 공감을 표시했을 때, 두 사람의 눈동자가 촉촉해졌다. 두 사람은 여행객과 이런 대화를 나누는 일이 처음이라면서 얼굴빛이 깊어졌다.

여행 마지막 날 배에서 내릴 때, 작별인사를 건네며 작은 마음을 담은 봉투를 내밀자, 파브리스는 갑자기 나를 꼭 껴안으며 진심으로 고맙다고 말했다. 그 순간 나도 이 작별이 가슴 뭉클하게 느껴졌다.

나는 파브리스에게 내가 글 쓰는 사람임을 밝혔다. 한국에 돌아가 우리 두 사람의 이야기를 쓴다면, 그것은 우리가 세상을 떠난 뒤에도 영원히 남아 누군가에게 반드시 전해질 것이라고 말해 주었다.

시차 탓도 있었지만, 한국에서도 걸핏하면 남들 곤히 잠든 한밤중에 깨는 일이 잦았는데, 지중해에서도 예외는 아니었다.

나의 선실은 배의 맨 뒤쪽에 있었고, 멀지 않은 곳에 각종 상점과 카페, 술집 등이 위치한 통로의 끄트머리는 비바람과 눈보라를 막아줄 천장 가리개 하나 없이 맨 하늘에 노출되어 있었다.

나는 열흘 내내 한밤중이나 꼭두새벽에, 이른 아침 일출 때 툭하면 그곳을 찾았다. 거기는 배에서 가장 추운 곳 가운데 하나였다. 비가 오거나 눈발이 흩어지는 날에는 기온이 영상이어도 몹시 추웠고, 맑은 날씨에도 냉기가 스며들었다.

전망대를 겸한 그곳의 난간에 기대어 나는 어둠이 삼킨 지중해와, 하늘과 바다가 구별되지 않는 불빛 한 조각 없는 칠흑 같은 어둠의 먹먹함과 막막함에 젖곤 했다.

어느 날 시커먼 하늘에서 초롱초롱 빛나는 북두칠성을 발견했을 때, 그 반가움과 희열은 이루 말할 수 없었다.

북두칠성은 지리산 산마을 내 거처 바로 위 하늘에서 맑은 날에는 어김없이 보이는 일곱 개의 별이었다. 종일 이리저리 쏘다니다가 늦게 돌아와 대문 앞에 설 때마다, 구름이 가로막지 않은 날에는 그 별들을 빠짐없이 쳐다보곤 한다.

그 북두칠성이 지중해까지 나를 따라온 것이었다. 북두칠성에서 내려다본다면 나는, 군이 인식될 필요조차 없는, 보이지도 않는 미미한 먼지일 것이다. 지구에서 내가 이렇게 의미를 부여하는 나의 이동과 여행은 북두칠성에게는 중뿔난 의미가 없을 것이다.

하지만 그 별들과 내가 '어떤 끈'으로 연결되어 있다는 점은, 나의 마음이 부인하지 않으며 순순하게 받아들였다. 그 교감은 언어 너머의 것이었다.

지리산에서도 지중해에서도 나는 하나의 생명체였다. 내 안의 어떤 '존재'가 공간이동과 무관하게 북두칠성과 교감했다. 있긴 있는데 한순간에 없어지고, 없는 것 같으나 분명히 자각되는, 이 현상과 느낌을 진공묘유眞空妙有라 했을까.

내가 무슨 특별한 대우를 받아 북두칠성과 마주친 게 아니었다. 북두칠성은 인간인 나보다, 지구보다 훨씬 오래된 별이 아닌가! 이런 관계에 시간이라는 개념이 끼어드는 것은 어리석은 일이 될 것이다.

별과 나 사이는 까마득하게 오랜 태초부터 애당초 하나였던 게 아닐까. 별의 존재와 나의 존재에 과연 구분이 있을까. 나의 개별성이 나무의 가지이자 잎사귀이자 꽃이면서 열매라면, 나의 보편성은 뿌리이자 별이 아닐까.

시인 윤동주가 밤하늘과 별을 보면서 나라의 독립만 생각했을까. 그의 의식과 존재가 틀림없이 우주로 확장되었음을 하늘과 바람과 별을 노래한 〈서시〉가 드러내고 있지 않은가.

별을 노래하는 마음으로
모든 죽어가는 것을 사랑해야지 …
오늘밤에도 별이 바람에 스치운다

기억력이 그다지 좋지 못한 내가 기특하게도 아직 잊지 않고 있는 윤동주의 시가 한 편 더 있다. 바로 날마다 새로운 길을 찾아가는 삶을 그린 〈새로운 길〉이다.

내를 건너서 숲으로
고개를 넘어서 마을로

어제도 가고 오늘도 갈
나의 길 새로운 길 …

스물한 살의 윤동주는 어디로 향하고 싶었던 것일까. 그는 날마다 마음속 유토피아를 향해 끊임없이 발품을 팔았을 것이다.

크루즈 맨 끝 전망대 난간 너머, 칠흑 같은 어둠 속에 빛이 스며들기 시작했다. 저 멀리 수평선과 하늘이 아주 희미하게 서서히 검은 보편성에서 색조가 다른 개별성으로 분화하면서, 위쪽은 하늘이고 아래쪽은 바다라는 느낌이 포착되었다.

그 느낌은 희미하지만 분명했다. 희미해도 분명한 것이 있다. 하늘 속에 빛이 점점 많아지자 수평선은 점차 뚜렷해졌고, 이윽고 볕뉘(하늘에서 내리꽂히는 햇살) 주변에 구름의 윤곽이 드러났다. 굳이 표현할수록 오히려 멀어질 테지만, 그 풍경은 참으로 아름다웠다.

바로 이런 순간이 말과 글이 더 이상 다다르지 못하는 한계일 것이다.

내 안의 무엇이 내 바깥의 아름다움과 부드럽게 섞였다. 내 안에 무엇이 없다면 도대체 무슨 재주로 내 바깥의 아름다움을 느낄 수 있단 말인가. 그 순간은 '접속'이었다. 하나인 것이 나뉘기도 하고 합쳐지기도 하는.

배에서 열흘 내내 나의 눈길이 초점을 맞춘 또 한 가지는, 부서지는 파도였다. 빛을 머금어 하얀 물거품이었다. 어둑어둑한 밤바다에서 그 포말 중 큰 것은 마치 고래가 헤엄치다가 사라지는 듯했다. 작은 포말은 마치 문어나 갈치처럼 헤엄치다가 빛의 각도에 따라 사라졌다.

그 무수한 물거품들은 단 한 번도 똑같은 모양과 똑같은 크기가 아니었다. 변화무쌍했다. 하지만 머물지 않았다. 구름이 그러하듯이. 나도 그러할 것이다.

여행에서 돌아오고 이틀 뒤, 치아 서너 개를 뽑았다. 양쪽 윗어금니였다. 발치되어 나로부터 막 빠져나간, 고맙고 장렬한 치아에게 손을 흔들며 "바이 바이" 작별인사를 건넸다. 의사와 간호사는 자기 치아에게 그러는 환자는 처음 본다며 웃었다. 평생 주인 잘못 만나 고생만 한 동반자 치아에게 뒤늦게 건네는 미안함이자 감사였다.

이 글은 한밤중 2시에 깨어 쓰기 시작하여 지금 아침 8시 반이다. 배에서 만난 인도 사람처럼 나도 글을 끼적이다가 밤을 꼬박 새웠다.

구들방 창 너머에 지리산의 아침이 밝았다. 지중해 여행으로 집을 비운 사이에 매화나무가 꽃송이를 주렁주렁 펼치고 있다. 동백꽃도 여러 송이가 피었다. 초록 잎사귀들은 빛을 받아 싱그럽다.

길고양이들은 집주인이 어디를 다녀왔는지 관심도 없다. 다만 먹거리가 부족하여 시무룩해진 녀석들에게 오늘은 먹이를 푸짐하게 주어야겠다. 물까치와 동박새, 참새들도 다시 찾아

올 테지.

나는 다시 제자리에 놓여 있다. 제자리에 돌아오기 위해 멀리 지중해까지 다녀온 셈이다.

마침 섬진강 변과 산수유마을에 벚꽃도 산수유꽃도 활짝 피었다. 개나리도 피었다. 서울에서 내려오자마자 사실은 꽃구경부터 먼저 했다. 구들방에는 날이 저물어서야 맨 나중에 돌아왔다.

오늘도 딱히 할 일은 없다. 꽃구경을 또 하러 가야겠다. 나에게 무엇이 더 필요하단 말인가. 이것으로 내 삶은 충분하고도 남을 지경이다. 당신에게 들려줄 이 이야기를 마치니 마음이 개운하다.

섬진강 벚꽃이 흐드러진 날에

"대통령 윤석열을 파면한다!"

헌법재판소장의 이 한마디가 온 나라와 전 세계에 범종각의 타종처럼 울려 퍼졌다. 그 순간에 나는 서울에서 내려온 손님 두 사람을 데리고 지리산 화엄사에 있었다.

핸드폰 작은 화면으로 탄핵 심판의 결론을 접했을 때, 화엄사 각황전의 홍매는 분홍빛으로 그윽하고 아련했다. 네 마리 돌사자가 받치고 선 삼층석탑 앞에서 강렬한 하얀색 산벚꽃이 점점이 박힌 산자락을 바라볼 때, 능선 위 파란 하늘에는 흰 구름이 인간 세상을 무심히 내려다보며 흘러가고 있었다.

계곡물은 개울 밑바닥까지 맑게 드러내 보이며 졸졸졸 쉼 없이 낮은 곳을 향하여 흘러내렸다. 개울을 건너 숲으로, 고개를 넘어 마을로, 새로운 날이었다.

비상계엄이 날벼락처럼 선포되었던 그날로부터 꼬박 넉 달을 채운 시점이었다. 인간들이 벌이는 일은 요란하고 시끌벅적하지만, 그 끝은 대개 덧없고 싱겁다.

"화려한 등장과 쓸쓸한 퇴장은 종이 한 장 차이다!"

1990년대 후반 김영삼 대통령이 퇴임하던 날, 라디오 뉴스 앵커였던 내가 전국에 소식을 전하며 덧붙였던 그 한마디가 기억 속에 되살아나며 스쳐갔다.

나를 찾아온 손님 둘은 특별했다. 둘 다 유럽여행 전문 가이드였다. 여행객들은 가이드를 따라 여행하면 그만이지만, 가이드 본인에게는 매번 힘들고 고달픈 업무였다. 그들에게도 잠시 휴식과 숨 돌리는 여행이 필요했다. 그래서 귀국 틈새에 나를 찾아온 것이었다.

하지만 아쉽게도 당일치기였다. 어렵게 기차표를 구해 아침 9시 40분에 구례구역에 도착했고, 이른 저녁 5시 50분에 구례 시외버스터미널에서 상경했다. 둘 다 개인적으로 이번 구례 여행이 난생처음이라 불과 여덟 시간의 짧디짧은 망중한忙中閑이었다.

나는 평소 그녀들이 하던 가이드 방식처럼 압축적이고 효율적인 안내를 미리 궁리했다. 그녀들은 두 가지 행운을 누렸다.

때마침 지리산과 섬진강에 벚꽃과 산수유, 매화, 개나리, 진달래, 목련, 동백, 수선화가 활짝 피어난 순간에 왔다는 것, 그리고 이곳에 익숙한 나를 안내자로 삼은 일이었다.

화엄사-섬진강-화개장터-재첩 국숫집-보성 벌교 꼬막 식당까지. 나는 그녀들에게 한 곳이라도 더 보여 주고 한 입이라도 더 맛있게 누리도록 진심으로 최선을 다했다. 가이드가 평생 직업인 그녀들은 나의 수고로움과 진정성을 금세 알아차렸다. 지리산 일대의 베스트 가이드를 운 좋게 만난 것이라고 내가 너스레를 떨자, 그녀들은 환하게 웃으며 공감해 주었다.

산자락 마을 구들방에 들어서자 피곤이 몰려왔다. 종일 쉼 없이 안내하고 쉼 없이 설명하며 떠들었더니 마침내 목소리까지 잠기고 말았다.

초저녁에 깊은 잠에 떨어졌다. 한밤중에 깨어났다. 한바탕 꿈이 지나간 듯했다. 한바탕 꿈이 맞았다. 세상사가 한바탕 꿈이 아니면 무엇이랴.

잘한 일이었다. 나의 수고는 별것 아니었다. 그녀들에게 평생 잊지 못할 추억 하나가 새로 보태졌다면, 그 추억이 이따금 샘물처럼 한 방울씩 솟아나 인생길의 고달픔을 달래 줄 수 있다면, 삶에 눈을 더 크게 뜰 수 있다면, 이해관계 없이 베푸는 친절한 마음을 나눠 가질 수 있다면 그것으로 잘된 일이었다.

인간으로 태어나 사람끼리 하는 수많은 일들 중에서 이보다 더 바람직한 일이 무엇이겠는가. 굳이 하나를 보태자면, 그것은 인생에 눈뜨는 일일 것이다.

인생길에서 다른 인생을 마주치는 일은 축복이다. 다른 인생에 관심을 기울이는 일은 나를 잘 돌보는 일이 되어 동그랗게 순환한다. 다른 인생은 나를 비추는 거울이다. 살면서 누구를 만나느냐는 삶의 질과 폭과 깊이를 결정한다.

'내를 건너서 숲으로 고개를 넘어서 마을로'. 인생길은 또 어디로 펼쳐질까.

특별한 일

초등학교도 다니지 못한 어린 소년이 있었다. 그가 할 수 있는 일은 농사밖에 없었다. 그는 평생 이른 새벽부터 해가 저물 때까지 날마다 논에서 하루하루를 보냈다.

세월이 쏜살같이 흘러갔다. 산천이 온통 초록으로 물든 어느 초여름, 그는 아흔을 넘긴 노인이 되어, 자신보다 세 곱절 더 해묵은 마을 느티나무 그늘 아래 앉아 있었다. 예전에는 그 느티나무 아래에 여러 명의 노인이 모였지만, 그들이 어디론가 다 떠나고 사라진 지금, 남은 이는 오직 그뿐이었다.

차를 몰고 마을을 나서다 그를 발견했을 때, 노인은 혼자 빙그레 웃고 있었다. 그는 내가 늘 느티나무 앞을 지나다니는 걸 잘 알고 있었다. 조수석 차창을 내리고 그에게 인사하며 물었다.

"무슨 좋은 일이라도 있으십니까?"

그는 빙그레 미소 지으며 잠시 대답이 없다가 입을 열었다.

"저 앞에 논을 쳐다보고 있어."

"벼가 잘 자라고 있는 논을 보니까 흐뭇하신가 봐요."

내가 한마디를 보태자 그가 대답했다.

"하모, 배부르제. 평생 일군 논에서 벼가 탈 없이 무럭무럭 자라고, 느티나무가 만들어 준 그늘 아래서 저 논을 쳐다봉게 좋구먼."

그의 마음속에 들어가 볼 수는 없었지만, 그는 이제 여생이 길게 남지 않았다는 생각도 했을 것이다.

마을 고샅길의 오래된 느티나무 아래서 그는 무슨 생각과 어떤 깨달음에 놓여 있었을까. 순식간에 지나간 세월이 한바탕 꿈같음을 분명히 꽤 오래전부터 알아차렸을 것이다.

그가 자기의 인생길에 관해 깨닫는 일에는 어떤 지식이나 정보가 전혀 끼어들지 않았을 것이다. 마음의 자각에는 학식이 필요하지 않을 테니까.

바다 건너 아메리칸 인디언 노인 역시 아무런 학식이 없었더라도, 평생 말을 타고 달려온 광활한 대지를 바라보면서 지리산의 노인과 하나도 다를 것이 없는 '그 무엇'에 눈을 떴으리라.

지리산 노인과 아메리카 노인은 각자 개별성을 가진 삶을 살아왔다. 하지만 둘 다 생명을 가진 '사람'이라는 것, 태어날 때 아무런 자기 의지가 개입되지 않았다는 것, 살다 보니 어느덧 삶의 끄트머리에 와 있다는 것, 육신의 마감이 머지않다는 것에 대해서는 한 치도 다를 게 없는, 보편성이 밑바탕이라는 것을 굳이 그런 단어를 모르더라도 분명히 알아차렸을 것이다.

삶은 언어로 설명되는 것이 아니다. 드넓은 태평양의 이쪽과 저쪽에서 두 노인은 서로 만난 적이 없어도 똑같은 알아차림을 공유하고 있을 것이다. 그 알아차림의 핵심은 이러할 것이다.

'살면서 특별한 일이란 여건이 특별할 때 벌어지는 게 아니라, 평소 별일 없을 때 생기는 일이다.'

몇 해 전 썼던 내 책의 제목처럼 말이다.

'가장 큰 기적 별일 없는 하루.'

지리산에 간밤부터 오늘 저녁까지 온종일 비가 내린다. 어제 세탁기에 돌린 빨래를 처마 밑에서 말리다 서둘러 걷어 들였다.

아까 냉커피와 주전부리를 사러 마을 아래에 다녀올 때, 마을 어귀에서 종일 비를 맞고 있는 철쭉과 작약은, 더 하얗게 더 붉게 피어나 나의 눈길을 사로잡았다. 그 꽃을 핸드폰에 담아 아내와 딸과 친구와 후배 몇 사람한테 전송했다.

구들방 TV에서는 부활절에 세상을 떠난 프란치스코 교황의 선종 소식이 전해지고 있었다. 교황이 남긴 한마디가 한 줄 자막으로 나왔다.

"용기를 내어 사랑하세요!"

만회암 괴짜 스님

그의 첫인상은 비호감이었다. 처음 만난 자리였음에도 그가 풍기는 기운은 뭔가 거칠고 윽박지르듯 몰아붙이는 에너지가 강했다.

그를 처음 만난 곳은 내가 아는 스님이 혼자 지내는 함양 땅 산중 암자 두곡산방이었다. 암자에 찾아갔더니 나보다 조금 앞서 그가 와 있었다. 그도 스님이었다. 점잖다거나 말수가 적은 스타일이 아니라, 오히려 그 반대였다. 차담을 하는 좌중에는 일반 신도 몇 사람이 더 있었다.

그는 다른 사람들이 말할 틈을 주지 않고 좌중을 쥐락펴락하며 쉴 새 없이 말을 이어 갔다. 꽤 수다스러운 편이었다. 말만 하는 게 아니라, 시종일관 오른팔을 휘저으며, 옆 사람의 어깨와 팔을 툭툭 치면서, 자기 말에 동의를 구하듯 행동했다.

오랜 세월 여러 스님들을 만났지만, 이런 모습의 스님은 처음이어서 나는 내심 생소하고 당혹스러웠다. 자리를 어서 벗어나고 싶다는 생각까지 들었다.

하지만 사람의 인연이란 매번 정말 알 수 없는 일이다. 예절은 애당초 발로 걷어차 버린 것 같은 이 껄끄러운 스님을, 불과 며칠 뒤에 내가 자발적으로 찾아가게 되었기 때문이다.

첫 만남에서 서로 연락처를 주고받은 것이 실마리가 되었다. 더 구체적으로 얘기하자면, 그와 내가 참으로 묘한 인연이란 걸 서로 깜짝 놀라며 확인하게 되었기 때문이었다.

그는 내 인생길에서 가장 큰 영향을 받은, 몇 해 전 세상을 떠난 큰스님을 그의 출가 초기에 시봉한 제자였다. 그의 첫인상에서 내가 느꼈던 것과는 상관없이, 그와 나 사이에는 큰스님이라는 연결고리가 있음을 서로 뒤늦게 알게 된 것이었다.

큰스님이 살아 계실 때 그 제자 스님에 관해 나에게 언급한 적은 없었기에, 나로서는 그의 존재 자체를 알 턱이 없었다.

그가 지내는 곳 또한 깊은 산중 암자였다. 내가 대문을 나설 때 내비게이션에 주소를 찍으니 공교롭게도 정확히 300km 거리였다. 이것 또한 묘한 점이었다. 큰스님이 말년을 지냈던 문경 봉암사를 다닐 때도 거리가 정확히 300km였기 때문이다.

300km를 달려 스승 스님을 뵈러 갔던 약 5년의 세월이 다 지나가고 한참 뒤에, 이번에는 그 제자를 만나러 가는 거리가 똑같이 300km라는 사실은 뭔가 묘한 느낌이 들었다. 우연의 일치라고 가벼이 여겨지지 않았다.

그가 혼자 지내는 암자는 안동 땅 깊은 산중에 있었다. 영양과 봉화에 인접한 경북 내륙 오지였다. 그는 주변 사람들에게 설검雪劍이라는 아호로 즐겨 불렸다. 눈이 쌓이면 인적이 끊기는 깊은 산속에서 검을 휘두르는 스님이라니.

아니나 다를까. 그의 암자는 자동차가 겨우 다니는 마지막 마을에 이르는 찻길에서, 다시 울퉁불퉁 꼬부라진 산길을 따라 1km를 조심조심 뒤뚱거리며 올라가야 하는 곳에 있었다.

문자 그대로 토굴이었다. 설검스님은 이 토굴 암자의 이름을 '만회암萬灰庵'이라 불렀다. '만 가지 번뇌가 모조리 타서 재가 되는 곳'이라고 했다. 놀랍게도 그는 이곳에서 30년째 지내고 있었다. 화전민이 버리고 간 폐가를 30년 전 모습 그대로 둔 채 살아온 것이다.

막 도착하여 겨우 지붕만 고쳐 얹은 두 칸짜리 암자에 다가가서 작은 쪽문 아래 댓돌을 살피다가 발견한 것은 여러 개의 벌레 구멍이었다. 벌레들이 아무렇지도 않게 구들방을 드나들고 있었다. 그 벌레들은 좀벌레였다.

이윽고 구들방에 고개를 숙이고 들어가 스님과 차 한잔 마시는 동안에도 낡은 흙벽과 방바닥에 벌레가 여러 마리 스르르 기어다녔지만, 스님은 전혀 신경 쓰지 않았다.

벌레라기보다는 스님과 동거하는 생명체였다. 시간이 조금 지나자 나도 방 안 분위기에 적응되는 것을 느꼈다. 그 벌레들이 스님의 말벗이자 동행처럼 느껴지기 시작했다.

방의 크기도 지리산 내 거처와 어슷비슷했다. 본채인 이 구들방에는 조그마한 불상이 모셔져 있었고, 특이하게도 불상 앞을 살짝 가리며 야생화를 담은 꽃병이 놓여 있었다. 불교 의식을 행하거나 손님들을 맞이하거나 손님들이 가끔 묵고 가는 다목적 공간이었다. 바로 옆에 주방과 법당은 스님이 손수 작업하여 만든 요사채였다.

암자 주변의 큰 특징은 하루 종일 요란한 물소리가 끊임없이 들린다는 것이었다. 물소리는 두 군데에서 들렸다. 두 가지 물소리가 한순간도 쉬지 않고 겹쳐 들리니 더욱 크게 느껴졌다.

물소리는 암자의 기본 음향이었다. 데시벨이 꽤 높은 시끄러운 소리임에는 분명한데 귀와 마음에 거슬리기는커녕 가슴을 시원하게 뚫어 주고 씻어 주는 청량한 음색이었다.

암자 아래 불과 30m쯤 떨어진 곳에 잘생긴 이단 폭포가 쏟아지고 있었다. 높이 10m가 되지 않는 폭포였지만, 물이 흘러

내리는 소리는 야무졌다. 폭포수 앞에는 커다란 돌배나무 한 그루가 때마침 하얗게 터진 수없는 꽃송이들과, 기나긴 겨울 끝에 봄이 되자마자 새로운 여름으로 향하는 싱그러운 초록 잎사귀들을 풍성하게 수북이 매달고 있었다.

또 하나의 물소리는 암자 바로 앞에 놓인 커다란 물통에서 들려왔다. 종일 틀어 놓은 수도꼭지에서 지하수가 콸콸 쏟아지며 물통을 채우는 소리였다. 이곳은 설거지도 하고 세수도 하며 야채를 씻고 목을 축이기도 하는 일상의 긴요한 샘터였다.

굳이 극락에 가지 않더라도 여기서 매 순간을 누리는 것만으로 충분하고 넘친다는 스님의 이야기에 나도 덩달아 고개를 끄덕였다.

샘터 맞은편 낮은 흙담 위에는 흙으로 빚은 자그마한 부처님이 앉아 계셨다. 그 앞에 키 작은 토탑이 나란히 서 있었고, 그 옆에는 허름한 간이 의자와 원형 토상이 보였다.

여기에 금상첨화인 것은, 스님이 평소 산책하거나 나무를 하러 다니는 오솔길 저 위쪽까지 약 3천 평의 자연 정원을 널따랗게 동선으로 활용하고 있다는 점이었다. 땡전 한 푼 없는 스님이 30년 전 이곳을 찾아냈을 당시에는 별로 큰돈 들이지 않고 사실상 거의 줍다시피 한 천우신조天佑神助의 안성맞춤 수행터였다.

126

가까운 산골 마을 사람 몇 명이 이곳에 찾아왔다. 평소에는 팍팍한 생계를 꾸리느라 찾아오는 일이 없고, 명절 때나 석가 탄신일에 드물게 드나들어 사실상 신도가 없는 것이나 마찬가지였다.

스님의 절 살림이 가난하기 짝이 없는 까닭은, 그가 종단의 어느 문중에 소속되지 않고 스스로 '서자'라고 칭할 정도로 경제적 도움을 받지 않고서 긴 세월을 살아왔기 때문이다.

가끔 암자에 찾아오는 방문객들은 스님이 대체 어떻게 생계를 꾸려 가는지 궁금해했다. 스님은 이렇게 대답한다고 했다.

"산에 사는 짐승은 끼니를 걱정하지 않아도 살아가니 나도 산짐승처럼 그냥 살고 있습니다. 산은 말없이 수많은 생명체들을 품어 안고 먹여 살립니다. 가끔 쓸 돈이 필요할 때는 만만한 지인에게 얻어 씁니다."

수행자의 관점에서 스님 마음속 핵심은 '공유共有', 즉 나눔에 있었다. 이 수행터는 우주가 잠시 빌려준 곳인 만큼 자신 또한 기꺼이 공유하면서 이곳을 찾아오는 인연들에게 좋은 시간을 누리도록 하면 그만이라는 것이다. 그는 석가모니 부처나 예수님을 '공유행의 완성자'라 생각한다고 덧붙였다.

스님은 출가 이래 지금까지 오직 한 분, 몇 해 전 입적하신 연관然觀 큰스님을 스승으로 모셨다. 하지만 큰스님 생전에도 존경은 했지만 추종하지는 않았다고 속내를 내비쳤다. 소탈한 성품에 경전 풀이에 해박한 선승이자 학승이었던 스승에게, 무턱대고 따르지 않겠다고 대놓고 밝힌 일화를 꾸밈없이 들려주었다.

"스승님은 명마名馬 노릇을 하세요. 저는 소처럼 살겠습니다."

각자 생긴 대로 자기 그릇대로 살면 그만이라는 것이었다. 원효대사가 '창과 바늘'을 비유하여 만물 중생의 평등하고 차별 없음을 설파했듯이, 창은 전쟁터에서 쓰이고 바늘은 옷을 짓는 데 쓰이면 그뿐인 법이다.

설검스님은 수행이란 복잡할 것 없이 한마디로 직접적인 '체험'이라고 말했다. 그리고 그 체험을 통해 스스로 얻은 바를 공유하는 일이야말로 스님이 생각하는 보살행의 요체였다.

그는 자기 자신의 수행 정진하는 모습을 가리켜 '무욕즉강無慾卽鋼'이라는 말로 표현했다. 무엇을 얻으려고 하거나 구하지 않고 모조리 비워낸 사람이야말로 세상에서 가장 강한 사람이 아니겠느냐는 뜻이었다.

그리고 대부분 스님들이나 수행자들은 절이나 종단, 문중에 의존하여 마음공부를 하는 '의존체'의 모습을 보인다면서, 본인은 무엇에도 의존하지 않고 스스로 빛을 내는 '발광체'의 길을 걷고 싶노라 말했다.

대개의 수행자들은 종국적으로 마음이 호수처럼 고요해지는 것을 목표로 삼지만, 본인은 오히려 마음이 날마다 파도치는 역동성 속에 살아가고 싶다며 말끝에 힘을 주었다.

"지식은 생수이고, 지혜는 샘물입니다."

스님이 보탠 이 한마디가 흥미로웠다. 생수를 구입하듯이 남이 담아 준 지식에 의존하다 보면 노예처럼 그 굴레를 되풀이하는 삶을 살게 되지만, 스스로 한없이 솟아나는 샘물 같은 지혜를 갖게 되면 어느 때고 걸림이 없다는 의미였다.

알 수 없는 인연의 바람을 타고 만회암을 찾아가 하룻밤을 묵고 다시 길을 나설 때, 맨 처음 이 스님에게 느꼈던 비호감은 스스로 지어낸 망상이었다는 것을 자각하게 되었다. 그는 딱 부러지는 중심을 가진 괴짜 스님일 뿐이었다. 그는 언제든 마음 내키면 또 찾아오라며, 나도 이제 만회암을 공유하는 가족이 된 것이라고 일러 주었다.

상경길은 고속도로를 이용하지 않았다. 인적과 차량이 드문 산길로 영양을 거쳐 봉화로, 봉화에서 단양으로 한적한 길을 따라 올라갔다.

만회암을 찾아간 일도 어느새 한바탕 지나간 꿈이 되어 있었다. 하지만 그 멈춘 시간, 느린 시간 속에서 나는 오래도록 간직할 소중한 선물을 받은 기분이었다.

실 그리고 콘클라베

책방에서 챙겨 온 신간 두 권을 읽다가, 눈이 번쩍 뜨이는 발견을 했다.

한 권은 노르웨이 국민 사이에 선풍적인 베스트셀러가 되어 국민의 삶을 크게 바꾸는 데에 기여했다는 사회인류학자 토마스 힐란드 에릭센Thomas Hylland Eriksen이 쓴 책이었다. 다른 한 권은 노벨문학상에 빛나는 한국의 자랑스러운 소설가 한강이 처음으로 내놓은 산문집이었다.

글 쓴 사람의 출신 국가는 서로 멀리 떨어져 있고, 두 저자의 나이 차이는 여덟 살이다. 두 저자는 자기 자신과 세상 사람들과의 '관계' 그리고 세상 모든 것들과의 '관계'에 초점을 두어 주목하면서, 둘 다 정확히 똑같은 단어를 내세웠다.

그 단어는 '실'이었다. 끊어지는 실이 아니라 연결된 실, 단

절이 아니라 접속, 나만 챙기면 그만이 아니라 함께 나누어 더 나은 세상을 만드는 공감과 공유의 조화다.

삶을 의미 있게 만드는 일은 모두 똑같아지는 게 아니라 서로가 다른 데서 출발하는 생각이다. 서로 다른 것들이 하나로 모이는 둘이 아닌 이치다. 당신과 나 우리 모두는 예외 없이 삶이라는 같은 밑바탕으로 같은 곳을 향하여 살아가고 있다.

가느다란 실오라기 하나하나가 모여 태피스트리와 양탄자가 되고, 실 한 가닥 한 가닥이 엮여 화문석이 되듯이. 혼자 또는 여럿이 커피 한잔 마시는 풍경이 카페가 되고 거리를 이루고 경제가 되듯이. 심지어 먼 옛날에 먼저 살다 죽은 사람들이 재생하고 부활하여 살아 있는 우리를 돕는 것은 놀라운 진실이다.

나 혼자만 내 가족만 잘 먹고 배부른 것이 진리에 배부른 상태보다 낫다고 할 수 있을까? 공동체가 추구하는 정의正義와 날로 심각해지는 기후변화는 그 안에 놓인 당신과 나하고 전혀 상관없는 문제일까?

코로 숨을 한번 들이마시고 내쉬어도 우주와 지구 행성과 연관이 있다. 미국에서 가장 크다는 2,300년 묵은 자이언트 세쿼이아 나무가 기후변화의 영향으로 원래의 모습을 잃어가고 있다면, 그것은 남의 일이라고 할 수 있을까.

로마 베드로 대성당 옆 시스티나 성당 굴뚝에서, 마침내 흰

132

연기가 피어올랐다. 문을 걸어 잠근 콘클라베 끝에 교황 레오 14세가 선출된 것이다. 이때 빛을 머금은 하얀 그 연기는 광장에 몰려든 수많은 군중을 세상에 평화를 퍼뜨리는 '하나의 실'로 엮은 것이 아니면 무엇이란 말인가.

당신과 나는 남이 알기 어려운 각자의 속마음이 있지만, 그 마음의 끝자락은 바깥과 맞닿아 있다. 내가 먼저 평화를 얻는 일은 거기서 그치는 게 아니다. 세상 만물과 평화를 이루는 첫 단추인 동시에 빛을 머금은 한 가닥 '실'이다.

삶의 의미는 자유롭고 중립적이고 지속 가능할 때 참다운 빛을 내뿜는다. 대문을 열고 나가 그 누구를 그 무엇을 만나든지 나만의 뜻대로 되기를 바라지 않는 것, 바라는 바를 두지 않는 것이 당신과 나를 싱싱하게 만들 것이다.

자유와 평화로 중심을 잡은 사람은, 굳이 번뇌 망상을 없애려고 애쓸 필요가 없다. 굳이 참다운 것을 찾아 나설 필요가 없다. 흘러가는 구름을 잘 바라보면 자기 감정과 생각의 정체가 한낱 덧없는 구름 같다는 것을 알아차리게 된다.

그리고 무한한 시간과 공간을 품은 파란 하늘은 언제나 별일 없이 당신과 나의 머리 위에 그대로 있다. 삶에서 더 이상 무엇을 찾으랴.

구름을 낚고 있습니다

지리산 이쪽 구례에서 산 너머 저쪽 함양으로 글자 없는 풍경 몇 컷을 보냈다. 곧 대꾸가 왔다. 간결한 한 줄 문장과 함께 풍경 한 컷이 날아들었다. 구름을 머리 위에 가득 이고 있는 천왕봉 일대의 풍경이었다.

"구름을 낚고 있습니다."

후배 B는 덧없는 구름을 낚을 사람이 아니었다. 그는 텅 빈 속마음을 거꾸로 뒤집어 반어법으로 표현하고 있었다. 그는 뒤집어 얘기하더라도 내가 그 뜻을 똑바로 알아듣는다는 걸 이미 알고 있었다.

산불감시원 노릇을 하고 있는 후배는 지리산 최고봉 능선 위로 날마다 구름이 일어났다가 이윽고 사라지는 것을 수없이 쳐다보며 지냈다.

한때 그는 머리를 깎고 출가할 것인지를 고민한 적이 있었다고 나에게 털어놓았었다. 몇 해 전 아버지가 세상을 떠났을 때, 그는 화장한 아버지의 유해를 이름 모를 바닷가에 떠내려 보냈다.

이런 그가 구름을 낚으려고 허탕을 칠 리가 없었다. 그는 날마다 깊은 산중에서 대부분의 시간을 혼자 지낸다. 그가 머무는 곳에서 천왕봉은 비슷한 눈높이로 바라보인다.

산 아래 눈높이가 다른 많은 것들을 그가 끊임없이 분리수거했으리라 짐작한다. 그는 아무것도 낚을 게 없다는 걸, 손에 쥘 만한 게 없다는 걸, 그리하여 손아귀를 늘 비워 두어야 한다는 것쯤은 분명히 알고 있을 것이다.

그와 나는 가끔 만날 때 부질없는 군더더기를 들이대거나 빙빙 에둘러 말하지 않는다. 그의 맥주잔과 나의 물잔이 쟁그랑 부딪치면 더 이상 할 말이 없다.

제목을 붙이기 어려운 글

일찍 잠들었다가 한밤중 1시에 깼다. 네 시간쯤 잤나 보다. 무슨 꿈을 한참 꾸었던 것 같은데 하나도 기억나지 않는다. 한 조각도 기억나지 않을 꿈을 대체 왜 꾼 것일까. 내가 한 짓을 내가 전혀 모르다니.

졸리진 않다. 잠을 더 청하기에는 글러 먹은 것 같다. 이럴 때 드러누워 있어 봤자 부질없이 꼬리를 무는 잡생각에 뒤척일 뿐 차라리 몸을 일으켜 앉는 게 낫다.

몸은 앉아 있고 마음 안에서는 어떤 의식이 말똥말똥하다. 저 스스로 자기 상태를 알아차리고 있다. 생각에 떨어지지는 않았다. 이리저리 두리번거리지 않는다. 그냥 있다.

조금 전까지 마을 뒷산 숲속에서 쉬지 않고 지저귀던 새가 소리를 멈추었다. 새소리마저 그치니 사위가 고요하다. 들으려고 해도 들을 게 없다. 청각聽覺을 내려놓으니 지금 작동하는 것은 시각視覺뿐이다. 구들방 창밖은 어둠에 묻혀 캄캄하다.

책상 스탠드 불빛 덕분에 창문 유리창에 내 얼굴이 비추어 보인다. 한 손으로 턱을 괸 채 안경을 쓴 두 눈이 방 안에 있는 나를 가만히 쳐다보고 있다.

어라, 잠잠하던 새가 다시 소리를 낸다. 이 소리는 두 음절인데 내가 아는 언어와 글자로는 묘사할 길이 없다. 후후? 꾸꾸? 첫 음절은 짧고 뒤이은 음절은 그보다 약간 더 길다. 두 음절을 합친 소리의 길이는 고작 1초 남짓일까.

그런데 저 새는 왜 저렇게 쉼 없이 소리를 내고 있을까. 내가 들으라고 내는 소리는 결코 아닐 것이다. 내가 듣든 말든 새는 그저 소리를 내고 있고, 나는 그 소리를 듣고 있다.

어느새 나의 청각이 다시 깨어난다. 나의 시각은 노트북 화면에 생성되는 글자와 커서에 머문다. 내 몸 바깥의 소리를 듣고 있지만 듣는 이는 내 안에 있다. 몸 바깥의 노트북을 보고 있으나 보는 이 또한 내 안에 있다.

바깥이 있으니 안이 있고, 안이 있으니 바깥이 있다. 둘 중 어느 하나가 없다면 인식이 불가능할 것이다. 저것이 있어 이것이 있고, 이것이 있어 저것이 있다.

글을 끼적이다 보니 새벽 3시가 되었다. 그새 두 시간이 흘렀다. 그런데 지금 시간을 헤아리는 일이 무슨 소용이란 말인가. 재떨이에 담배꽁초가 여러 개 버려져 있다.

'맑은 새벽 창으로 스며드는 솔바람을 홀로 듣는 이라면 불경 독송을 아니 해도 좋다'던 해안스님의 시구(〈멋진 사람〉)가 떠오른다.

날이 밝으면 오늘은 산 너머에 가서 할 일이 있다. 첫 외손녀 로율이가 태어난 지 오늘이 15일째다. 가까운 후배 몇 사람에게 소식을 전하면서 핑계 삼아 반갑게 얼굴이나 보자고 했다. 내가 밥을 사겠다고 했다.

내 나이 일흔셋인데 손녀 로율이는 겨우 보름을 지났다. 나의 인생길은 저물어 있고, 새로 태어난 후손의 인생길은 방금 시작되었다.

아기에게 할아버지의 성분이 대물림했을 테니 할아버지는 이제 떠나도 끝장나는 것은 아닐 것이다. 고목에도 새싹이 돋는다. 새로 싹이 돋아난 고목은 죽은 게 아니다. 순환이다.

'하마터면'의 귀띔

하마터면 큰 사고를 낼 뻔했다. 맞은편 자동차들 사이로 어린 아이가 갑자기 튀어나올 줄이야. 횡단보도도 없는 곳이었다. 급브레이크를 밟았다. 천만다행으로 아이도 차에 부딪히기 직전 얼어붙은 듯 멈춰 섰다.

순식간에 벌어진 일에 행인들의 시선이 쏠렸다. 나 역시 놀란 가슴을 쓸어내렸다. 휴우, 한숨이 저절로 터져 나왔다.

사각지대에서 불쑥 뛰쳐나와 무단횡단을 하던 아이에게 한마디할까 하다가 이내 그만두었다. 운전석 차창도 내리지 않았다. 차라리 그 아이가 그 순간 사색이 된 내 얼굴을 보지 않는 편이 더 나을 것 같았다.

초등학생쯤 되었을까. 태권도복을 입은 아이는 멈춰 선 내 차 앞을 후다닥 지나치더니 건너편 건물 안으로 쏜살같이 달려갔다. 그제야 태권도장 간판이 눈에 들어왔다.

만약 그 아이가 내 차에 치여 다쳤더라면, 아이의 불찰과 별개로 나는 난생처음 운전 중에 사람을 다치게 만드는 끔찍한 사고를 일으킬 뻔했다.

정말 다행이었다. 방금 전 일을 오래 담아 두어 봐야 마음만 어지럽힐 것 같아 시선을 돌리고 나서야 평정심을 되찾았다. 그 아이도 다음부터는 부디 조심하기를 마음속으로 기원했다.

순간적으로 치밀었던 화가 가라앉고 뭔가 보이지 않는 존재가 나를 돌보고 챙겨 준 것 같다는 생각이 들자 감사한 마음이 일어났다.

이틀 연달아 웬일일까. 차 사고 위기 모면에 이어 또 매우 당황스러운 일이 벌어졌다.

편의점에서 물건값을 치르려고 지갑을 열어 보니 신용카드가 보이지 않았다. 순간 가슴이 덜컹 내려앉았다. 지금껏 카드를 잘못 간수한 적은 없었는데.

현금으로 계산한 뒤 가게를 나오자마자 자동차 좌석 밑을 샅샅이 살피고 호주머니도 여러 번 뒤졌다. 그러나 카드는 보이지 않았다.

머릿속이 하얘졌다. 이런 일은 처음이었다. 카드를 분실했으니 서둘러 이용 정지를 신청해야 했다. 그런데 16개나 되는 카드 번호는 애당초 암기할 수도 없었고 따로 적어 두지도 않았다. 눈앞이 캄캄했다.

심지어 카드 종류조차 생각나지 않았다. 나는 오래전부터 신용카드는 딱 한 장만 사용해 오고 있었다. 카드가 누군가의 손에 들어가 사용됐다면 핸드폰 문자창에 이용 내역이 뜰 텐데 마침 주말이어서인지 알림은 없었다.

"야, 너 도대체 정신을 어디에 팔고 다니는 거야? 나이가 들더니 걱정스럽네."

나 자신을 호되게 꾸짖었지만, 그래 봤자 소용없는 일이었다.

잠시 심호흡을 몇 번 하고서 생각을 추슬렀다. 어제 서울에서 내려온 직후 저녁에 카드를 마지막으로 사용한 식품점이 떠올랐다. 내가 구입한 먹거리도 생각났다. 열무김치 한 봉지, 우유 한 팩, 낫토.

단골 식품점이라 점원들은 나를 알아볼 테니 일단 거기로 가서 확인할 필요가 있었다. 서둘러 차를 몰고 달려갔다. 아니나 다를까 점원 아주머니 두 분이 나를 보자마자 반색하며, 기다렸다는 듯 카드를 내밀었다.

"카드를 깜박 잊고 두고 가셔서 전화도 했는데 안 받으시더라고요. 여기 영수증도 있어요."

"와아, 다행이네요. 카드를 분실한 줄 알고 무척 당황했습니다. 전화가 왔는데 모르는 번호라 무시했죠. 그 전화만 받았어도 금방 해결했을 텐데, 제 불찰이네요. 정말 고맙습니다."

나는 카드와 영수증을 챙긴 뒤 금방 싱글벙글하며 지갑에 넣었다. 신용카드를 정말로 분실했다면 어쩔 뻔했을까. 하마터면 골치 아팠을 것이다. 가족들도 크게 걱정했을 테고. 어제와 오늘 연달아 두 번의 '하마터면'이 지나간 것이다. 궂은일로 연결되지 않은 것이 무척 다행스럽고 감사하다는 생각이 들었다.

마을 아래 호수에 갔다. 잠시 걷다가 수변 나무계단에 걸터앉았다. 나는 다시 별일 없는 사람이 되었다.

이틀 사이 겪은 두 차례의 소동을 되짚어 보았다. 정신을 더욱 잘 가누면서 살아야겠다는 다짐을 새겼다. 그리고 처음부터 아무 일도 일어나지 않는 것과, 어떤 일이 벌어지고 그 일이 다행스러운 쪽으로 결말이 난 것은 큰 차이가 있음을 깨달았다.

호숫가에 별일 없이 평화로워 보이는 여행객들이 지나갔다. 나는 별일이 있다 다시 별일 없는 상태로 돌아온 사람이었다.

산책을 마치고 산마을로 돌아갈 때, 차의 속도를 의식적으로 매우 느리게 운전했다. 시속 20km. 다시 별일 없어졌음을 잘 누리고 싶어서였다.

싱그러운 벚나무 터널을 천천히 지날 때, 알 수 없는 포근한 기운이 나를 감싸는 느낌이 들었다. 무성한 초록 잎사귀 사이로 빛이 스며드는 광경을 하염없이 바라보았다.

대문 위 늦은 오후의 하늘과 구름이 눈부신 빛을 섞어서 시시각각 변화무쌍한 그림을 그리고 있었다. 심심했던 마음속이 무언가로 그윽해졌다. 나는 그 순간의 하늘을 사진에 담아 사랑하는 주변 사람들에게 공유했다.

파도가 일어나야 물의 본바탕을 알게 된다.

틀니

73년 만에 틀니가 내게로 왔다. 타고난 것이 아닌 조형물이 입 안에 들어와서 몸의 일부가 되었다.

틀니를 끼우는 순간 낯설고 기분이 묘했다. 평소 웬만한 일에 신세타령을 하지 않는 편이라, 불쾌하다거나 이 모양 이 꼴이 되어 우울하다거나 낙담하지는 않았다.

내 몸에 일어난 일생일대의 사건이었다. 동갑내기 친구인 치과의사는 혹시 내가 충격을 받을까 봐 나의 반응을 살피며 누그러뜨리는 말을 했다.

"환자 중에 틀니 끼는 사람이 꽤 많아. 자네만 겪는 특별한 일은 아니라네. 적응이 잘되면 질긴 곱창도 씹을 수 있어."

나는 담담히 대꾸했다.

"괜찮아. 올 것이 왔나 보다 하고 받아들이고 있어. 내가 적응해야겠지."

틀니를 소독하는 세정제와 틀니를 담글 플라스틱 통이 덤으로 주어졌다. 틀니를 닦는 별난 모양의 칫솔은 근처 약국에서 챙겼다.

세척용 칫솔은 무려 세 개를 마련했다. 한 개는 지리산 시골집에, 또 한 개는 서울 집에 따로 두는 게 불편하지 않을 것 같아 미리 대비한 것이다. 나머지 하나는 차박 여행을 다닐 때 필수용품이 될 것이다. 틀니에 따라붙는 물건들을 세 집 살림으로 나누어 분산 배치한 셈이었다.

틀니 장착 직후 난생처음 먹는 첫 식사로 아내가 특별히 신경 써서 카레를 만들어 주었다. 잘 익힌 쇠고기부터 실험적으로 씹어 보니 어색하고 서툴어도 그런대로 잘게 부수어 삼킬 만했다.

두 번째 식사는 지리산으로 내려오다가 휴게소에서 콩나물 호박찌개로 시도했다. 콩나물 씹는 게 예상 외로 수월하지 않았다. 하지만 앞으로 온갖 음식물을 씹어 삼켜야 한다는 생각에, 인내심을 갖고 콩나물을 꽤 오랫동안 씹었다.

그런데 의외의 문제가 생겼다. 틀니를 입안에서 빼내고 다시 끼우는 일이 간단치 않았다. 혼자 차 안에서 몇 차례 탈착 연습을 했다. 끝이 가늘고 뾰족한 금속 연결 부위가 자칫 잇몸에 상처를 낼까 봐 버벅거리며 이러지도 저러지도 못하는 난감한 상황이 벌어졌다.

순간 불쑥 화가 치밀었다. 입을 잔뜩 찢어 벌린 채로 성질을 부리는 내 얼굴을 룸미러에 비추었다. 가관이었다. 누가 봤더라면 깔깔 배를 움켜쥐며 크게 웃을 판이었다.

몇 번 숨을 천천히 몰아쉬었다가 내뱉었다. 화를 낸다고 해결되는 일이 아니었다. 치솟은 마음을 가라앉혔다. 그러다가 마침내 성공했다. 대단한 성공이었다.

틀니를 빼냈다가 다시 끼우는 일에는, 지성과 야성은 전혀 도움이 되지 않았다. 침착한 집중만이 중요했다.

성공하여 뿌듯하고 기특해진 내 얼굴을 거울을 통해 물끄러미 쳐다보자 만감이 교차했다.

'맞아, 이 사람아, 이렇게 웃는 얼굴로 살아야지, 안 그래? 너도 살면서 참 여러 가지 한다. 틀니를 끼울 만하게 살았겠지. 이것도 업보이겠지.'

'아니야, 늙어 가는 몸뚱이가 점차 망가지고 부실해지는 것은 탓하거나 자책할 일은 아니잖아. 인생길은 죽을 때까지 체험과 자각의 연속일 뿐 달리 무슨 방도가 있던가.'

틀니 체험을 계기로 나의 인생은 틀니 이전과 틀니 이후로 크게 재편되었다.

인생은 영화를 중간부터 보는 것과 마찬가지라고 했던가. 처음엔 무슨 스토리인지 전혀 알 수 없어 어리둥절하다가, 계속 보다 보면 나중에 '아하 그렇구나!' 하고 알게 되며, 체험 이전의 불명확함이 체험 이후 명확함으로 바뀐다.

나의 틀니는 공공연한 비밀이지만, 이 모든 체득 과정을 살살이 알고 있는 '목격자'가 내 안에 있다.

산마을을 벗어나 난생처음 틀니 드라이브를 할 때, 농부들이 모내기 품앗이를 하고 있었다. 그들은 틀니를 새로 끼운 내 입안에, 씹어 먹을 밥을 넣어 주기 위해 벼농사를 시작한 것이었다.

틀니가 내게로 온 것은 수많은 다른 사람들 덕분이다. 얄궂은 경험의 밑바탕에도 '선한 기운'이 흐른다.

횡재

한순간 생각 하나를 바꾸었을 뿐인데. 신의 한 수 같은 행운이 다가왔다.

애당초 바다 쪽으로 가려다가 자동차 진행 방향을 반대쪽으로 돌렸다. 문득 내겐 너무나 익숙한 섬진강 중류 그곳에 갈 생각이 떠오른 탓이다. 내막을 미리 알고 간 게 아니어서 좋은 아이디어라고 내세울 수는 없다. 무작정 마음 내키는 대로 갔을 뿐인데, 가 보니 대박이었다.

몇 년 동안 지루한 공사가 찔끔찔끔 이어져 왔는데, 마침내 공사가 끝나 말끔하게 단장한 타이밍까지 기가 막히게 맞춘 드라이브였다.

공교롭게도 작년 말부터 무려 반년간 온 나라를 시끌벅적하게 들썩인 이른바 탄핵 정국을 매듭짓는 대통령선거일이었다.

어제는 온종일 비가 내렸는데 하룻밤 자고 나니 날씨도 쾌청했다. 아무도 없고 나 혼자뿐인 그곳 새 강변길에는, 이전에 없던 전망 데크가 만들어져 있었다. 뜨거운 햇살을 막아 주는 커다란 그늘막 파라솔 아래 나무 벤치에 앉았을 때, 때마침 시원한 바람이 불어와 나를 흠뻑 감싸는 그 순간의 희열과 쾌감은 이루 말할 수 없었다.

나무 데크를 맨발로 밟을 때의 그 뽀송뽀송한 감촉도 무척 좋았다. 냉커피가 담긴 텀블러 그리고 읽을 책 한 권을 옆에 놓으니, 천하를 얻은 기분이었다. 이곳을 가꾸느라 그동안 애쓴 사람들이 내가 흡족해하는 모습을 보았더라면 아주 뿌듯했을 것이다.

그새를 못 참고 섬진강의 새 보물 탄생을 핸드폰에 담아 가족과 지인들에게 공유했다. 내가 살아가는 모습을 익히 알고, 또 내가 사랑하고 아끼는 이들이 즉각 기꺼운 응답을 보내준 덕분에, 내 마음은 금방 그윽함으로 가득 차올랐다.

산천의 풀과 나무들은 제각각 혼자인 것 같아도 사실은 곁에 다른 풀과 나무들이 함께하기에 한껏 자라고 번성하는 법이다.

이 풀과 나무들이 강江의 이쪽과 저쪽에서 서로 마주 보는 그 사이로 섬진강이 물비늘을 반짝이며 느릿느릿 흘렀다. 이

152

때 강은 '갈라놓는' 강이 아니라, '이어놓는' 강이 되어 조화롭게 풍경을 완성했다.

거기에 내가 잘 놓여 있었다. 거기서 나는 더 이상 바랄 게 아무것도 없었다. 별일 없는 나의 하루에 슬그머니 찾아온 기적이었다.

이 산책길이 과연 얼마나 길고 얼마나 많은 마을을 품고 있는지 궁금해졌다. 끝까지 가 보기로 했다. 차를 매우 느리게 움직였다. 내 앞에 천천히 가던 바이크 한 대가 내 차의 느린 속도에 어리둥절 당황하는 것 같아, 미안한 마음으로 슬쩍 앞질렀다.

길은 어림잡아 약 5km쯤 되었다. 이 길을 천천히 터벅터벅 걷는다면 족히 반나절은 걸릴 거리였다. 곳곳에 쉬어 갈 수 있는 정자가 몇 군데 나타났다. 적절했다.

이곳은 나 같은 사람에게는 대한민국 최고의 아름답고 평화로운 차박 여행지가 될 것이 틀림없어 보였다. 나는 이곳을 여행 명소 리스트에 추가했다. 시골집에서 자동차로 불과 30분 거리인 것도 금상첨화였다.

이 길은 앞으로 봄·여름·가을·겨울, 계절이 네 번 바뀔 때마다 네 곱절의 아름다운 풍경과 무한 곱절의 그윽함을 선사할 것이다.

덕분에 섬진강의 품은 내 삶 안으로 더욱 짱짱하게 들어왔고, 내 마음의 영토는 한 뼘 더 넓어졌다. 이제 이 섬진강 변 노천 서재는 세상 어디에도 없는 나만의 아늑한 사유의 공간으로 등극할 판이었다.

길은 곡성군 고달면에서 남원시 수지면으로 이어져 있었다. 수지 동쪽 끄트머리 대사리 마을을 통과하자, 다시 고달면을 알리는 표지판이 보였다. 강을 끼고 충분히 길쭉한 타원형 산책을 마치자, 다시 출발점 근처로 되돌아왔다.

고달면사무소 앞을 지날 때 중식당이 바로 앞에 나타났다. 선거일이라 휴일이었지만 운 좋게도 영업 중이었다. 짬뽕을 잘하는 모양이었다. '짬뽕나라'라는 간판에서 자부심이 엿보였다.

오후 3시 무렵이었다. 식당 안에 들어서자 손님이 없어 주인 부부가 테이블 옆에 나란히 누워 토막잠을 자다가 벌떡 일어났다. 내가 늙은 주인 부부의 달달한 낮잠을 설치게 만들고 말았다.

"어이쿠! 점심시간도 한참 지났는데 불이 켜져 있어서 반갑게 들어왔는데 방해가 됐군요. 쉬시는데 미안합니다."

"천만에요, 오늘 손님도 없는데 마침 잘 오셨네요."

"저는 혼자인데 짬뽕 한 그릇 맛볼 수 있겠습니까?"

바깥주인은 서둘러 주방으로 들어갔고, 안주인은 얼른 시원한 물병을 챙겼다.

짬뽕에는 홍합이 푸짐하게 들어 있었다. 홍합 껍데기를 버리는 통이 큼지막했다. 마파람에 게 눈 감추듯 먹어 치웠다. 새로 낀 틀니가 아직 불편했지만 진한 짬뽕 맛이 그 정도 성가심쯤은 가볍게 압도했다.

고달에서 구례로 넘어오는 산간도로는 아주 익숙한 길이다. 재수 좋은 날 볼일 다 마쳤는데도 내 차는 여전히 거북이걸음이었다. 이렇게 기분 좋은 상태를 서둘러 접어 봤자 무엇에 쓰랴. 흥얼흥얼 콧노래를 부르며 인적 드문 고갯길을 만끽하며 내려왔다.

산마을에 들어서기 전에 단골 식품가게와 단골 카페와 단골 구멍가게를 차례로 들렀다. 오늘 밤에는 거의 모든 국민이 TV 앞에 앉아 밤을 지새울 것이다. 나도 철야 시청 태세를 갖추려고 이런저런 먹거리와 음료를 챙겼다.

마당에 들어서니 아까 내다 놓았던 고양이 사료가 한 톨도 남김없이 사라지고 없었다. 오늘 아침에 쓰레기 더미를 미루지 않고 치운 일도 기특했다.

늦은 오후까지 거의 하루 종일 기분 좋은 상태가 여전히 곱게 남아 나의 가슴에 바짝 달라붙은 채 함께 구들방에 들어섰다. 오전의 작은 생각 하나가 하루를 잘 펼친 끝에 저녁의 구들 방을 행복한 공간으로 바꾸어 놓았다.

바람이 불어 창문 너머 초록 잎사귀들이 살랑거린다. 더구나 오늘 밤은 심심하지도 않을 것이다.

'세계에서 가장 가난한 대통령'으로 존경받았던 우루과이 호세 무히카 전 대통령이 지난달 여든아홉 살 인생길을 마쳤다는 소식이, 우리나라 새 지도자를 뽑는 날에 다시 소환되어 뉴스를 탔다.

대통령궁까지 불우한 이웃에게 내어주고 봉급의 90퍼센트를 이웃돕기에 쾌척했던, 그런 멋진 지도자가 우리나라에도 나타나기를 바라는 희망 뉴스.

나의 석양과 나라의 일출이 잘 교차하면 좋으련만.

국민 충전소 섬진강

섬진강에 다녀온 그날 밤 자정을 넘겨 한국의 새 대통령이 마침내 확정됐다. 이재명이었다. 1948년 민주공화국의 첫 대통령 이후 2025년 열네 번째 대통령이 나라를 새로 이끌게 됐다.

당선 확정 직후 그가 맨 처음 입을 열어 강조한 말이 있다.

"나라의 주인은 국민이며, 대통령은 국민의 일꾼이다."

엉뚱하기 짝이 없는 대통령을 잘못 만나 국민이 심한 푸대접을 받았던 3년 세월이 마침내 뒤집힌 반사적 결과였다.

정치는 싸우더라도, 국민은 대한민국이라는 공동체의 이웃이기에, 국민끼리는 서로 생각이 달라도 싸울 필요가 없다. 그는 핵심이 무엇인지를 잘 알고 있는 듯했다. 국민의 삶이 더 나아질 수 있도록 최선을 다하겠다고 다짐했다. 국민이 행복한 나라를 만들겠다고 약속했다.

섬진강을 따라 걷는 일에 진보나 보수 같은 사상적 성향이 끼어들 필요는 없을 것이다. 잠시 모든 것을 내려놓고 평화로운 마음 하나와 걸을 수 있는 두 다리만 있다면 그것으로 충분하다.

섬진강은 예나 지금이나 변함없이 흐르고 있다. 이재명 정부 이후에도 강물은 끊임없이 흐를 것이다. 삶의 질이 나아질수록 더 많은 사람들이 이 강을 찾아와 마음을 씻어낼 것이다.

섬진강은 희망을 가진 나라의 출발점이자 누구든 쉬어 가는 영원한 휴식처다. 마음을 채워 주는 국민 충전소다. 희망으로 나아가는 공동체의 밑바탕에, 앞에, 옆에, 뒤에, 늘 섬진강이 흐른다.

아침에 마당을 지나다니는 길고양이에게 모처럼 특식으로 번데기 통조림을 내다 주었다. 고양이가 살 만하다고 희망을 느낄 수 있도록, 살다 보면 특별한 날도 있다는 걸 알 수 있도록 특별한 먹거리를 주었다.

맛있게 먹는지 깡통에 주둥이를 들이박는 소리가 덜그럭덜그럭 들린다. 고양이도 나도 좋은 하루가 되기를.

바람과 거미줄

우우웅, 덜컥, 휘이이잉, 달그락.

　날씨는 기가 막히게 좋았으나 강바람은 신경에 거슬릴 정도로 거셌다. 설레는 마음으로 책 두 권을 챙겨 새로 생긴 그 반가운 강변 쉼터를 다시 찾아갔다. 이 책을 읽다가 지루해지면 저 책으로 환승 독서를 하려고. 저 책을 읽다가 따분하고 머리가 무겁다 싶으면 이 책으로 건너와 번갈아 읽으려는 참이었다.

　하지만 그건 어디까지나 내 생각일 뿐, 의외의 복병을 만나 난감해졌다. 예상을 뛰어넘는 강풍 탓에 도저히 책을 읽을 수가 없었다. 내 딴에는 손에 힘을 주어 책을 야무지게 붙들어 봤지만 허사였다. 바람의 짓궂은 심술에 휘리릭 제멋대로 페이지가 들썩거리며 시야를 어지럽혔다. 글자는 좀처럼 눈에 잡히지 않고 마음을 자꾸 흐트려 놓았다.

"에라, 모르겠다."

결국 책을 팽개치고 파라솔 아래 벤치에 벌렁 드러누웠다. 눈을 감았다. 책이야 오늘 못 읽으면 내일 읽으면 그만이고, 여기서 못 읽으면 집에 가서 읽어도 될 일이다. 누워 있다가 졸리면 토막잠을 달콤하게 즐기면 그만이고.

그런데 그것마저 뜻대로 되지 않았다. 쉬지 않고 불어대는 바람 소리와 차양막 지지대의 덜컥거리는 소리가 계속 귀를 파고들었다. 지지대 연결 부위가 단단하게 조여지지 않아서인지, 바람과 쇠붙이가 동시에 만들어 내는 두 가지 소음에 나도 모르게 빨려들었다.

멋진 곳에 독서하러 왔다가 독서는커녕 불협화음에 신경을 곤두세우며 맞서는 꼴이 된 것이었다.

그러다 문득 나의 관점이 아닌 강바람의 관점에서, 지금의 우스꽝스러운 상황을 들여다보게 되었다. 강바람은 내가 태어나기도 전에 까마득한 옛날부터 지구의 대기 순환에 따라 아무런 의도 없이 생성되어 이곳을 지나갈 뿐이었다.

강바람은 나를 초대하지도 않았다. 풍광 좋은 야외에서 책을 읽어 보겠다는 의도를 갖고 굳이 나타난 것은 바로 나였다. 이곳에 강이 흐르고 강바람이 분 지 수천 년, 수만 년은 족히 지났을 것이다. 겨우 몇십 년도 되지 않는 짧은 목숨을 가진 인간 하나가 나타나 투덜대는 것은, 강바람 입장에서 보면 하찮고 말도 되지 않는 일이었다.

이렇게 나를 객관화하자 불만스러웠던 마음이 순식간에 민망하고 멋쩍은 마음으로 바뀌면서 차분히 가라앉았다. 그리고 무심한 대자연 속에서 인간이 스스로 일으킨 주관이란 것이 얼마나 헛된 것인지 깨닫게 되었다.

곧 나도 무심해졌다. 이제 내 귀는 시끄러운 상태를 벗어나고 있었다. 그 순간 파라솔 끝자락 허공에서 뭔가 반짝거렸다. 저게 뭘까 물끄러미 올려다보니 그것은 거미줄이었다. 왕거미가 아니라 작은 거미가 쳐놓은 가느다란 거미줄 몇 가닥이 햇빛을 받아, 바람이 부는 대로 흔들거리며 빛을 튕겨 내고 있었다. 거센 바람에도 연약해 보이는 거미줄은 놀랍게도 끄떡없었다.

'야아, 대단하네! 나는 독서를 망쳤는데 거미와 거미줄은 멀쩡하다니. 이런 강풍에도 아무런 탈이 없는 거미줄의 비결은 무엇일까?'

저 작디작은 거미는 자기 영역의 대부분을 허공으로 텅 비운 채, 최소한으로 필요한 그물 몇 가닥만 드리우고 있었다. 바람이 아무리 드세게 불어도 그 바람이 거침없이 저항에 부닥치지 않고 쉽게 통과할 수 있도록 순하게 허용하고 있었다.

거미는 작은 몸뚱이 하나와 가느다란 실 몇 가닥이면 살아갈 수 있었다. 거미에 비하면 나는 부질없이 가진 게 너무 많았다. 너무 많아서 오히려 탈이었다.

여자 듀엣 가수의 노래 제목이 떠오른다. '없는 게 메리트!' 박경리 작가의 시집 중에 '버리고 갈 것만 남아서 참 홀가분하다'란 제목도 있다. 법정스님은 방석 하나와 작은 책상 하나, 오직 두 개의 물건만을 둔 오두막에서 18년간 살았다.

산마을 집에 돌아온 나는 온갖 잡동사니 물건들을 치우기 시작했다. 숨 잘 쉬고 먹거리 조금만 있으면 살아갈 수 있는 것을. 다시 쓸 일 없는 물건들을 종량제 봉투에 던져 넣을 때마다 나의 어리석음도 하나씩 함께 버렸다.

바람과 소쩍새

종일 집 안의 잡동사니 물건들을 끈기 있게 치웠다. 보통 때는 허리에 별 지장을 느끼지 않는데, 수그린 상태로 있다 보면 꽤 뻑적지근하다.

이번에도 묵은 책 몇 권이 눈에 띄었다. 또 헌책방이 생각났다. 책 갖다주는 일을 다른 날 해도 되겠지만, 미룰수록 계속 기억하고 지내야 하니 잠시 다녀오기로 했다. 약간 귀찮았다. 씻어야 하고 옷도 갈아입어야 하니까. 그래도 했다.

오늘 찾아낸 책 중에는 과거 직장 후배였던 김주하 앵커 책이 있었다. 친필로 몇 자 적어 나에게 선물한 것이었다.

"사장님! 또 사고 쳤어요. 가르침 주시란 뜻으로 적었습니다."

외교부에서 펴낸 캐나다 소개 책자도 있었다. 캐나다는 한국 사람들 대부분이 호감을 느끼는 나라라서 이 책자도 갖다

주면 좋을 듯싶었다. 틱낫한 스님의 귀한 책도 있었다.

책방 주인 김 선생은 밥이라도 사고 싶다고 붙들었다. 그러나 어두워지기 전에 집에 얼른 돌아가 물건 정리를 마저 마무리해야 한다며 달아나듯 책방을 나섰다.

산마을에 돌아와 물건들을 마저 정리했다. 대충 마무리된 듯했다. 힘은 들었지만 후련하고 개운했다. 저녁 식사는 그냥 집에서 때우기로 했다. 바깥에 두 번 나가기는 싫었다.

그래도 하루 종일 기특하게 일을 잘했으니 나를 잘 먹이고 싶었다. 계란을 삶고, 흑임자 떡도 두 개 꺼내고, 상추와 물김치도 곁들이고, 쌈장도 갖다 놓고, 낫토를 밥 대신에 올려놓았다. 꽤 푸짐한 차림이었다. 맛있게 먹었다.

곧바로 설거지도 마쳤다. 더 이상 할 일이 없으니 마음이 편안했다. TV를 켰으나 채널을 이리저리 옮겨도 도무지 재미가 없었다. TV를 꺼 버렸다.

담배 한 대 피워 물고서 잠시 물끄러미 앉아 있었다. 할 일은 없는데 괜히 망상만 일으키고 싶지는 않았다. 잠잘 때까지 할 마땅한 무엇인가를 찾다가 아이디어가 떠올랐다.

'옳지! 마을 가까이 새로 생긴 호숫가 쉼터에 다녀오는 게 좋겠다.'

두 번 외출을 귀찮게 여겼던 마음이 한순간에 바뀌어 다시 옷을 주섬주섬 입었다.

해가 떨어지기 직전이라 호숫가 쉼터엔 아무도 없었다. 그네에 앉아 서산을 바라보니 하늘이 무척 아름다웠다. 즉각 풍경 몇 컷을 사진에 담아 서울의 가족과 지인들에게 공유했다. 가족들은 내가 종일 수고스러운 정리 작업을 한 사실을 알기에, 다시 한가한 모습이 되어 멋진 사진을 보내니 좋아했다.

이윽고 해가 넘어갔다. 검은 산색 너머로 구름과 하늘이 석양빛을 받아 참 고왔다. 수없이 보아도 단 한 번도 질리지 않는 풍경 … . 그 순간 숲에서 소쩍새가 목소리를 가다듬기 시작했다. 물까치도 짧게 소리를 내었으나 금방 그쳤다. 소쩍새는 바야흐로 밤의 주인공답게 쉼 없이 자신의 존재를 알렸다.

어제 강바람은 무척 사나운 편이었으나, 오늘 호숫가에 부는 바람은 순하고 부드러웠다. 바람이 나를 포근하게 감쌌다. 순한 바람과 소쩍새가 동시에 밤을 불러들였다. 온몸으로 바람을 느끼며 귀를 한껏 열어 밤의 노래를 그윽하게 누렸다.

바람과 소쩍새 덕분에 나는 다시 '살아 있음'으로 되돌아왔다. 비로소 제자리를 찾은 느낌이었다.

어느 저녁에 나를 스치며 포옹하는 바람, 어느 저녁에 내 귀를 맑게 씻어 준 소쩍새 … . 내가 세상에 온 것은 이것만으로도 보람 있는 일이다.

3부

하루하루 도나캐나

넘치면 버거운

'어이쿠, 양이 너무 많네. 이걸 무슨 수로 다 먹나? 부담되네.'

단골 식당에 저녁을 해결하러 갔다가, 편한 밥을 먹기는커녕 난감했다. 손님이 아무도 없고 곧 문을 닫으려던 참이었는데, 주인은 나를 보자 반갑게 맞이했다. 내가 미리 생각해 두었던 메뉴 메밀국수를 주문하자 재료가 없다고 했다. 그렇다고 그냥 나갈 수도 없는 터라, 빨리 준비되는 것을 물었더니 시래기 곰탕이라고 했다.

메뉴부터 엇박자가 나더니 주인의 호의는 오히려 걱정거리가 돼 버렸다. 곁들여 가져다준 특별 서비스로 큼지막한 돼지 수육이 여러 겹으로 얹혀 있었다. 저걸 달랑 한 개만 먹기는 그렇고, 국과 밥이 있는데 수육까지 먹기도 부담스럽고. 큼지막한 수육 한 점을 집어 절반으로 나누었다. 부드럽고 맛은 좋은데 양이 문제였다.

이때 구원투수가 나타났다. 주인이 키우는 강아지가 넉살 좋게 다가오더니 선처를 바라는 눈동자로 나를 올려다보았다.

'옳지! 수육 접시를 맛있게 비운 것처럼 이 녀석한테 주인 몰래 주면 되겠구나.'

마침 주인은 주방에서 하루를 마무리하느라 분주했다. 고기를 젓가락으로 집어 슬쩍 내밀자, 몸집도 작은 녀석이 작지 않은 고기 조각을 순식간에 감쪽같이 삼켰다. 나는 주방 눈치를 힐끔 보다가 또 한 점을 내밀었다. 또 순식간에 먹어 치웠다.

"옳지! 옳지!"

마지막 한 점은 내가 먹다가 남긴 것처럼 위장할까 했는데, 녀석은 입맛을 다시며 내가 정강이로 슬쩍 밀쳐도 버티고 있었다.

"에라, 모르겠다. 다 먹어라."

최후의 한 점마저 강아지 목구멍으로 꿀떡 넘어갔다.

그런데 테이블 바닥이 문제로 남았다. 국물에 들어 있던 고기와 어묵 반찬마저 강아지에게 던져 준 것이 화근이었다. 테이블 바닥에 붉은색 양념 흔적이 뚜렷했다. 나중에 주인이 이 흔적을 보면, 틀림없이 나의 위장술이 들통날 것 같았다.

나는 다시 잔머리를 굴려 휴지로 바닥을 얼른 훔쳐서 흔적을 말끔히 지웠다. 닦은 휴지도 테이블에 두지 않고 얼른 쓰레 기통에 버렸다. 완벽한 증거 인멸이었다.

마침내 나의 위장술은 성공했다. 나는 식사를 마치자마자 얼른 자리에서 일어나, 맛있게 잘 먹었다고 주방을 향해 큰 소리로 너스레를 떨었다. 지폐를 계산대에 올려둔 뒤 서둘러 식당을 빠져나왔다.

세월이 흐른 뒤 식당 주인은 이 글을 읽을지도 모른다. 하지만 진실을 뒤늦게 파악하더라도 용서하고 웃어넘길 것이다.

마을로 돌아가는 길에 차를 잠시 호숫가에 멈추었다. 소화도 시킬 겸 차에 앉아 어두워지는 호수를 바라보며 라디오를 켰다. 음악방송에서 테너 프랑코 코렐리의 노래 〈불 꺼진 창〉이 흘러나왔다.

이윽고 집에 돌아와 컴컴한 구들방에 스위치를 켰다. 불이 꺼져 있던 나의 창은 불 켜진 창이 되었다. 불을 켰어도 여전히 혼자였다.

방금 식당에서 벌어진, 나 혼자만 알고 있는 그 일을 생각하니 슬며시 웃음이 났다.

음식이든 다른 무엇이든 필요 이상으로 넘치면 버거운 상황이 된다는 걸 다시금 새겼다. 하지만 호의가 버거움을 불러들일 경우에는, 앞으로 비슷한 일이 다시 벌어지더라도 호의에 정면으로 맞서기는 여전히 어려울 것 같다.

푸짐하게 내다 준 밥상 앞에서, 대접하는 사람 앞에서, "나는 조금밖에 못 먹겠다"는 소리를 다짜고짜 직설적으로 내뱉는 것은 좀 민망하지 않을까.

옛날 아메리칸 인디언들은, 마주친 이웃에게 "식사했느냐?"는 인사를 건넸다고 한다. 만약 상대방이 "아직 식사를 하지 않았다"고 대답하면, 그 이웃을 곧바로 자기 집으로 데려가 식사를 넉넉히 대접했다는 이야기가 전해진다.

우리나라 문화에서는 "식사했느냐?"는 말이 그저 형식적인 인사치레인 것과 비교하면, 인디언들은 참 진지한 사람들이었다는 생각이 든다.

문화란 언행을 묶어 두는 족쇄가 되기도 하고 때로 합리적이지 않을 수도 있다.

절에서 먹는 밥은, 남기지 않고 모조리 비워야 하기에, 애당초 먹을 만큼만 양을 미리 조절하기에 현명한 식사법이다.

넘치는 소유물

세계에서 가장 잘사는 나라로 꼽히는 노르웨이에서 조사한 어느 통계는, 우리에게 가만히 생각해 볼 과제 하나를 던져 준다.

이 나라에는 집집마다 승용차가 있지만, 차를 이용하는 비율은 10퍼센트에 지나지 않는다고 한다. 90퍼센트는 차를 그냥 집에 놓아둘 뿐 사용하는 일이 거의 없다고 한다.

집집마다 옷장에 평균 300벌이 훨씬 넘는 많은 옷이 있지만, 그중에서 불과 4분의 1 정도만 가끔 입는다고 한다. 나머지 옷들은 입지 않은 채 옷장에 처박아 두는 것이다.

주말과 휴일에 쉬러 가는 개인 소유 오두막들은 평일에는 비어 있기 일쑤다.

모든 사람이 똑같은 소유물을 갖는 것이 과연 합당한 일인지 새삼 되짚어 보게 된다. 넘쳐나는 소유물들이 제 쓰임을 다 하지 못한 채, 부질없이 공간만 차지하고 있는 것이다.

사람의 행복은 소유물을 얼마나 많이 가졌느냐에 달려 있지 않고, 불필요한 것들을 얼마나 비워 내느냐에 달려 있다고 설파한 법정스님의 가르침이 떠오른다.

날마다 사치와 낭비를 부추겨서 소비심리를 자극하는 물질만능주의 세상에서, 주변 사람이 가진 것을 나는 갖지 못했다는 상대적 박탈감에 헛되이 사로잡힌 사회에서, 우리는 과연 어떻게 살아야 할까? 살아가는 의미를 어디에 두어야 할까?

고대 중국에서 발원한 인생철학 도교道教는, 자연 속에 살면서 그 이치를 배우고, 그것을 인간의 삶에 응용하는 것이 핵심이다. 이 지혜로운 철학은 인도에서 전해진 불교와 만나면서 더욱 풍요로워지고 깊이를 더하게 되었다.

자연의 이치를 인간의 삶에 유익하게 적용하되, 지혜로운 선인들의 발자취를 성실히 따르는 길은 유교가 되었다. 하지만 그런 답습보다는 자기 마음속에서 우러나오는 소리에 귀 기울이며, 스스로 자기만의 길을 개척해 살아가는 이들은 노자老子와 장자壯子의 세계에 가닿았다. 마음속에서 우러난 것, 애당초 마음속에 있었던 것, 본래의 제자리로 돌아가는 것, 이 것은 불교의 영향을 받은 것으로 보인다.

아까 이른 새벽에 잠시 바람이 불었다. 순한 바람이었다. 바람이 불 때 소쩍새도 잠시 침묵했다. 바람은 누구의 소유물도 아니다. 그냥 바람 자체로 지나갈 뿐이다.

우리의 인생길에 그렇게 지나가는 바람이 불지 않는다면, 당신과 나는 자각의 실마리를 포착할 수 없을 것이다. 아무것도 갖지 않은 바람이 스쳐 지나갈 때, 무엇을 비워내야 할지 알게 되기 때문이다.

마음편의점

영국에 외로움을 담당하는 전담부서와 장관직이 생겨난 지 몇 해가 지난 2025년, 우리나라 서울에 '마음편의점'이라는 신선한 장소가 생겨났다. 현대사회가 안고 있는 그늘진 곳에 초점을 맞추었다는 점에서 주목할 만하다.

서울은 오늘날 국제사회에서 한국을 대표하는 대도시의 대명사로 자리 잡았다. 이에 걸맞게 서울특별시가 외롭고 마음 나눌 곳 없는 시민들을 위해 '마음편의점'을 복지시범사업으로 선정했다. 시정市政의 수준과 시야가 그만큼 업그레이드된 일이니 반길 일이다.

동네마다 편의점들이 번창하고 있듯이, 마음편의점도 전국으로 널리 퍼져 나가기를 바란다. 따스한 손길에 위안을 받는 사람들이 늘어난다면, 공동체로서는 큰 비용이 들지 않는 방식으로 사회적 부담을 줄이는 효과를 거둘 수 있을 것이다.

얼마 전 멋과 품격이 있는 나라로 알려진 오스트리아의 제2 도시 그라츠의 한 고등학교에서 끔찍한 총기 난사 사건이 발생했다. 역사상 최악으로 꼽히는 이 사건으로 여러 사람이 희생되었다는 국제뉴스를 접했다.

범인은 스물한 살의 청년으로, 사건이 일어난 학교에 다닐 때 괴롭힘을 당했던 것으로 알려졌다. 그는 총기 난사 직후 스스로 목숨을 끊었다.

무고한 남의 목숨을 졸지에 앗아간 범인을 동정하기는 어렵다. 다만, 학창 시절 입은 깊은 상처와 트라우마를 미처 치유하지 못한 채, 극심한 고립과 피해망상의 늪에 빠져 끝내 비극적인 종말을 택한 것은 아니었을지 조심스레 짐작해 볼 뿐이다.

이는 개인이 감당하지 못한 외로움과 고립감이 임계점을 넘어서는 순간, 어떻게 잔인한 사회적 충동으로 변모하여 우리 공동체를 파괴하는지를 여실히 보여 준다.

만약 오스트리아 그 도시에도 마음편의점 같은 곳이 있어서 그 청년이 위로를 받을 수 있었다면 어땠을까? 결과가 크게 달라질 수도 있지 않았을까? 이런 생각을 하니 더욱 안타깝다.

구원과 안식을 위해 찾는 절이나 성당, 교회에도 이런 이름을 붙인 작은 공간이 마련된다면 참 좋은 일이 되지 않을까.

편의점처럼 언제든 문을 두드리고 들어설 수 있는 마음편의점! 어쩌면 이 다섯 글자가 외로움에 빠진 영혼을 구해 낼지 모른다는 생각은 지나친 낙관일까.

"혼자 살아가는 사람은 당연히 외로울 수밖에 없다고 쉽사리 간주해 버리면서 방치하는 사회는 뭔가 단단히 잘못된 공동체다."

어느 신문 인터뷰 기사에서 읽은 미국 철학자의 이 한마디가 내 귓전에 맴돈다.

선한 얼굴

그녀는 뱃속 아기가 세상에 막 나오려고 할 무렵에 인생길을 크게 바꾸어야겠다고 결심했다. 도시 생활을 접고 어딘가 시골로 귀촌하여 살아가겠노라 마음을 굳힌 것이다.

그녀가 지리산을 선택한 일은 우연이자 묘한 인연이었다. 귀촌할 곳을 여기저기 검색하다가 구례를 들여다보게 되었고 마침 그곳 귀농·귀촌자들이 세운 극단에서 공연을 올릴 예정이라는 소식을 접했다.

그녀는 멀리 인천에서 낯선 땅 구례까지 단숨에 내려왔다. 아이와 함께 살 만한 곳인지 알아보고, 연극도 볼 겸 찾아온 길이었다. 그곳에서 그녀는 뜻밖에도 결정적인 인연을 만나게 되었다. 연극 불모지 구례에 귀촌하여, 연극의 싹을 틔우고 농사도 지으며 살아가는 연극인을 만난 것이다.

그 연극인은 바로 나와 의형제처럼 가깝게 지내는 '이상직'
이라는 인물이다. 그녀는 이상직을 만난 자리에서, 귀촌과 시
골 생활에 대해 여러 가지 이야기를 나누었다. 이상직은 그녀
에게 귀촌을 적극 권유했고 마침내 그녀의 마음이 움직였다.

이렇게 구례를 새로운 인생길의 정착지로 삼아 10년 전 내
려온 그녀는, 아이의 이름을 '산ﾙ'이라고 지었다. 그 아들은
잘 자라서 지금 초등학교 3학년이 되었다.

이 이야기는 오늘 아침 우연히 그녀를 처음 만난 자리에서
듣게 된 사연이다. 불과 5분의 짧은 만남에서 내가 들은 그녀
의 인생 내막이었다.

마침 읍내를 지나던 참에 오랜만에 카페 주인의 얼굴도 보
고 시원한 커피도 한 잔 챙길 겸 들른 길이었다. 주인은 아직
출근 전이었고, 대신 나의 딸아이 또래쯤 되어 보이는 그녀가
나를 맞았다. 첫눈에도 무척 선해 보이는 인상이었다. 맑고 선
한 기운이 단박에 느껴지는 얼굴은 대개 좋은 인연을 불러들
이는 법이다. 그 친절한 태도에 호감을 느껴 먼저 말을 건넸다.

내가 그 카페에 낯선 손님이 아니란 사실을 밝히자, 그녀도
나의 이름을 얼핏 들은 적 있다며 이내 편해진 듯했다. 하지만
그녀가 구례에 정착한 사연까지 솔직하게 내비칠 줄은 몰랐다.

카페 주인이 나의 오랜 지인이고 남편 이상직 또한 나의 의형제라는 사실이, 그녀의 마음속 빗장을 편안하게 열어 준 모양이다. 이렇듯 좋은 인연끼리는 처음 만나더라도 마음의 문이 편하게 열리니, 참으로 신통한 일이다. 인연이란 스스로 구를 길을 알아서 만들어가는 법인가 보다.

처음 본 사람이 선하게 느껴지는 것은 사실 주관적이다. 하지만 상대방이 풍기는 선하고 편안한 기운이 없다면, 그것을 조작하여 느낄 수는 없을 것이다. 그런 점에서 좋은 인연 간의 만남은 손뼉을 마주치는 일과 같다.

카페 앞에 세워 둔 자동차에 가서 내가 쓴 책을 한 권 챙겨 그녀에게 선물했다. 기뻐하는 그녀를 뒤로하고 카페를 나서며 나는 한마디했다.

"자주 보기는 어렵겠지만, 다음에 만나면 구면이 될 테니까 잘 기억합시다."

나 또한 새로운 인연을 잘 기억하기 위해 그녀의 이름과 그 아들의 이름 '산'을 두세 번 소리 내어 발음해 보았다.

장날의 두 모습

요즘 장날은 예전처럼 흥겨운 맛이 없다. 오일장에 가면 안쓰럽고 짠하다. 손님이 부쩍 줄어 상인들 얼굴에도 수심이 깊다.

손님 입장에서는 장보기가 부담스럽다. 예전에는 5천 원이면 웬만한 먹거리를 소량으로 사 먹거나 구입하는 게 가능했다. 요즘은 어림없는 얘기다. 어떤 거래든 툭하면 만 원이 넘는다.

오늘 내가 장에 가서 지출한 내역만 봐도 그렇다. 혼밥 백반 만 원, 파김치 작은 한 봉지에 만 원, 보통 크기 사과 네 알에 만 원, 모두 합해 3만 원을 썼다. 이전에는 그 절반의 돈으로 해결이 가능했다.

돌아가는 사정이 이렇다 보니, 여행객이 아닌 주민 처지에는, 특히 나이 들어 혼자 지내며 주머니 사정이 넉넉지 않은 노인들에게는, 장에 가는 게 부담스러우리라. 새 정부에 몸담은 고위 공직자들과 정치하는 사람들은 정신을 바짝 차려 일해야 한다. 민생 현장을 좀 더 가까이 살펴야 할 것이다.

장을 돌아 나설 때 대장간 아우가 잘 있는지 슬쩍 쳐다보았다. 저만치에서 쇠를 달굴 불을 지피는 아우의 뒷모습이 보였다. 나는 아우에게 다가가지 않았다. 장사 준비하느라 분주한 시간인 데다가, 말을 섞어 보았자 걱정하는 대화만 나누게 될 것이기 때문이다.

이 후배와 밥 한 끼라도 함께하려면 번개는 적절치 않고 미리 약속하는 게 마땅한 일이었다. 식사는 다음번으로 미루기로 하고, 오늘 장사가 그럭저럭 잘되기를 먼발치에서 마음속으로 빌었다.

아까 백반을 먹을 때, 주인아주머니와 아들은 단골인 내가 앉은 테이블에 고등어구이 한 접시를 서비스로 슬쩍 올려 주었다. 틀니를 끼운 채 백반을 먹는 일은 그리 수월하지 않아 고등어구이를 다 먹어 치울 수 없었다.

주인 아들에게 비닐봉지를 얻어, 남긴 고등어구이를 담았다. 최근에 또 새로 낳은 새끼 두 마리를 데리고 다니는 길고양이에게 갖다주면 특식이 될 것이다.

돌아오는 길에 냉커피를 챙기러 단골 카페에 들렀다. 나는 평소 이 카페의 첫 손님이 되는 경우가 많다. 주인에게 장날의 모습이 예전 같지 않다고 말했더니, 이런 대꾸가 돌아왔다.

"오늘이 장날이에요? 몰랐네요. 커피값도 4천 원에서 조금 더 올려야 하는디. 원두 가격이 올라서 ⋯ ."

내가 대꾸했다.

"먹거리랑 직접 비교하기는 거시기하지만, 커피값은 아직 싼 편이여. 천 원짜리 넉 장이면 되니께. 좋은 하루 되시오."

마당에 들어서자마자 고등어구이를 고양이가 마시는 물이 담긴 냄비 옆에 탈탈 털어 두었다.

장맛비가 추적추적 내렸다. 언제 큰비가 되어 쏟아질지 몰라서, 마당 배수구 부근에 쌓인 흙을 삽으로 걷어냈다. 오늘 아침 이 모든 볼일을 다 마쳤는데도 아직 9시를 조금 지났을 뿐이다.

비가 내리고 날씨가 흐려서 책을 들고 바닷가까지 가기에는 조금 망설여지는 날이다. 인간인 나는 또 하루를 재미있게 보내고 싶은데, 하늘은 내 사정을 특별히 헤아리지 않은 채 무심하다.

비의 시간

장마가 왔다더니 비가 하염없이 내린다. 어제도 종일 비가 내리더니, 밤새 내린다. 지금도 내리고 있다.

쏴아아, 투둑투둑, 쪼르륵.

비가 쏟아지는 소리, 하늘에서 내려온 빗물이 땅의 물체들과 부딪치는 소리. 간밤에 빗소리를 들으며 잠에 빠져들었는데, 빗소리에 잠을 깼다.

귀에 들리는 소리는 단 한 가지, 빗소리뿐이다. 비가 내리지 않을 때 밤새 숲에서 울던 소쩍새와 뻐꾸기도 천지가 온통 비의 시간임을 아는 듯, 침묵에 들어갔다.

새벽 4시다. 고요한 산자락 캄캄한 어둠 속에서 듣는 빗소리는 유독하고 유난스럽다. 몸이 포착하는 모든 감각 중에서 청각에만 집중하게 만든다.

이렇게 오직 비의 시간 속에 놓인 나는, 비와 일대일로 마주하게 된다. 마음을 집중시키는 상태를 이룬다. 잡념을 거두어 간다. 나의 몸 바깥에서는 오로지 빗소리 하나뿐이고, 내 안에서는 그 빗소리를 듣는 존재 하나뿐이다. 마음속이 시끄럽게 떠드는 번거로움은 사라지고 없다.

빗소리가 나를 존재 앞에 데려다 놓는다. 빗소리가 이루는 흐름이 나를 가만히 업어, 소리와 나를 하나로 만든다. 나는 내 안의 어떤 의식이 되고, 나의 목격자가 되며, 체험 그 자체가 된다.

내가 스스로 목격하는 이 체험은, 저절로 흐른다. 그곳은 텅 비어 있는 공간이다. 텅 비어 있어 가장 생생하고 가장 안전하다. 일으키는 번뇌와 망상이 없으니 고요하고 맑다.

내가 이런 존재이고, 이런 존재가 '나'라는 것을 알게 되는 그 알아차림은, 나의 인생을 통틀어 가장 큰 '마음의 사건'이다. 나는 결국 이것이었고, 나는 비로소 이것임을 깨닫게 되는 것이다.

중동지역에서 수천 년 전해 내려온 신비주의 수피즘의 격언은 이렇게 표현한다.

"나는 나를 찾아 헤맸으나 결국 신을 만나게 되었다. 나는 신을 찾아 헤맸으나 결국 나를 만나게 되었다."

나는 몸을 데리고 살아가는 하나의 영혼이다. 영혼은 과거나 현재나 미래가 없다. 영혼은 이미 있었고, 지금 있으며, 앞으로도 있다.

나는 생명 에너지다. 인공지능이 아니다. 나는 체험이다. 인공지능은 체험이 없다. 인공지능은 입력 후부터 작동한다. 나는 내 몸 바깥으로부터 입력되지 않았으며, 스스로 눈을 뜨는 발광체다.

날이 밝으면 비가 내리든 비가 그치든 나는 언제나 이대로 있다. 날이 밝으면 나는 다시 세상을 만날 것이다. 세상을 또 살다 보면, 세상은 결국에 나를 다시 제자리에 데려다 놓을 것이다.

나는 흐름이다. 나는 종이배다.

세상을 관통하는 그것

빗소리에 깼다. 쏟아지는 비의 양이 부쩍 많아졌다. 새벽비는 깊은 잠을 지나 얕은 잠에 든 인간들을 소리로 깨웠다.

쏴아아, 주르륵, 쫄쫄쫄.

커피를 내리고 TV를 켰다. 커피 맛은 좋은데 뉴스 맛은 우울하고 씁쓸했다. 지리산에는 호우경보가 내렸고, 중동지역에는 공습경보가 내렸다. 지리산에는 죽은 사람이 없는데, 중동에서는 날마다 인간들이 죽어 갔다.

같은 전쟁인데 누가 누가 더 많이 죽이나 선두다툼을 하는 듯하다. 러시아와 우크라이나의 전쟁은 톱뉴스 경쟁에서 뒷전으로 밀려나고, 이스라엘과 이란의 전쟁이 연일 그 자리를 차지하고 있다.

한국의 하늘에서는 비가 내릴 뿐인데, 중동의 하늘에서는 사람들의 목숨을 빼앗는 폭탄 비가 쏟아지고 있는 것이다. 한국의 정치는 그나마 입으로만 다투는 말싸움이지만, 중동의 정치는 상대방의 목숨을 끊어 버리는 폭력적인 전쟁을 서슴지 않고 있다.

훗날 독자들이 이 글을 접할 때쯤이면, 국제정세의 무게중심이 전쟁에서 평화로 기울어져 있기를 바란다. 인간들은 자기들이 저지르는 일의 최종 결과에 대해서는 미리 아는 바도 없고 책임지지도 않는다는 것이 오늘따라 더욱 답답하고 서글 프다.

바티칸의 새 교황은 세상에 평화와 사랑이 깃들기를 날마다 기도하겠지만, 하늘은 오늘도 무심하다.

로마 교황은 그동안 267번 바뀌었지만, 인류 역사에서 지난 3천여 년 동안 큰 전쟁만 무려 3,300번 벌어졌다고 한다. 인간 세상은 오히려 동굴에 살며 그날 하루 먹을 것만 사냥했던 원시시대가 가장 축복받은 시절이 아니었을까.

오늘날 지구상에 인간의 숫자가 90억 명에 가까워지는 인구폭증 현상을 조절하기 위해 하늘이 인간끼리 전쟁하도록 유도하는 것은 아닐까 두렵다.

세상 모든 것을 세월 따라 무심하게 바꾸어 놓는 천지운행과 인생무상의 열쇠가, 인간의 손이 아니라 하늘의 손에 달려 있다는 게 그나마 천만다행인 것일까.

지구촌 뉴스를 접하다 보면, 이 어지러운 세상에서 이 번잡
한 지구에서, 오직 인간들만 사라진다면 평화로울 것 같다. 이
것은 나 혼자만의 생각일까.

지리산 천지에 큰비가 퍼붓는 오늘은, 천지운행 절기상 밤
이 가장 짧고 낮이 가장 길다는 하지夏至다. 여든이 다 된 선배
가 방금 메신저에 아침 인사차 노래를 한 곡 띄웠다.

"헬로 다크니스, 마이 올드 프렌드."(나의 오랜 친구 어둠아,
잘 있느냐.)

하지를 지났으니 내일부터는 다시 밤이 차츰 길어질 것이
다. 밤이 도나캐나 다가올 것이다.

장마 호우처럼 거칠거나 우악스럽지는 않게, 인간의 모든
일을 슬그머니 거두어들이며 부드럽게 감싸는 어둠과 밤, 고
요히 쉴 수 있는 밤이 여전히 우리 인간들에게 주어진다는 것
은 가슴을 쓸어내릴 만큼 안심되는 일이다.

마당에서 키가 제일 큰 나무 꼭대기 우듬지에 보금자리를
지어 놓은 산까치가, 세차게 들이치는 비가 걱정되는 듯 몇 차
례 까악까악 울더니 지금은 침묵하고 있다. 새끼들이 무사하
도록 하늘에 선처를 바라는 기도를 한 것일까.

세상 만물을 관통하는 것이 오직 하나 있다면, 그것은 기운氣運이다. 생동하는 에너지다. 당신과 나의 마음도 그 기운 속에 놓여 있다.

쉼 없이 움직이고 변화하며 만물을 살아 있게 만드는 이 생명력을 가리켜, 중국의 춘추전국시대 지혜로운 인물 '장자莊子'는, 삶의 핵심 범주로 삼았다. 그는 이 기운이 내면에 깊이 스며들도록 마음의 문을 최대한 열어젖혔다. 그리하여 천하에 자유로운 고독한 인간이 되었고, 거의 3천 년이 지난 오늘날까지 우리 곁으로 돌아와 끝내 '함께' 살고 있다.

철저한 고독이 이루어 내는 대자유는, 공생의 옹달샘이다.

생쥐 소동

"아니, 아니, 으이크! 쥐새끼 아냐?"

단칸 구들방에서 부엌으로 가는 쪽문을 여는 순간이었다. 작고 새까만 생쥐가 슬금슬금 몸을 숨기는 걸 발견했다. 나는 놀라긴 했으나 기겁하지는 않았다. 이상하게도 절망감 같은 게 엄습했다. 이런 상황을 화불단행禍不單行이라고 해야 할까. 세탁기에서 뱀을 잡은 지 며칠도 되지 않아, 이번엔 쥐가 나타나다니.

인간인 나, 그리고 나와 상관없이 그저 공간적 인연이 서로 맞아떨어져서 일어난 각자 '생존의 충돌'이라고 해야 할까. 내가 지내야 하는 곳에, 나의 생활을 크게 방해하고 해로운, 도저히 그냥 봐주며 넘어갈 수 없는, 그런 생물체들이 나타난 것이다. 나로서는 굳이 살생까지는 아니더라도, 어쨌든 퇴치를 해야 할 판이었다.

오래전에 쥐가 드나들 만한 천장 서까래 틈새와 나무 기둥 아래쪽 구멍을 막은 뒤, 쥐약까지 사다가 구석진 곳마다 놓아 두었다. 이후로 꽤 오랫동안 뱀과 쥐가 보이지 않았는데, 도대체 어떻게 다시 나타난 것인지 알 수 없는 노릇이었다. 더구나 뱀보다는 병균을 옮기는 쥐가 더 해로울 수 있다.

오늘은 무슨 일이 있어도 반드시 끝장을 봐야 할 처지에 맞닥뜨린 것이었다. 무엇보다 차분함과 끈기가 필요했다. 그리고 쥐를 무서워하지 않아야 했다. 나를 공격하거나 물지는 않을 테니까.

잠시 외출했다가 돌아온 참이어서, 우선 옷부터 편하게 갈아입었다. 툇마루 근처에 둔 기다란 집게를 챙겼다. 그리고 가끔 등을 두드리는 데 사용하는 둥글둥글한 막대기를 집어 들었다. 옛날에 등산할 때 자주 사용했던, 길이 10cm가량의 동물 쫓는 산악용 뿔피리와, 최근에 구입한 불빛 밝은 휴대용 손전등까지 티셔츠 윗주머니에 꽂았다. 이 정도면 제법 야무지게 대비 태세를 갖춘 셈이었다.

"자! 이놈의 쥐새끼 어디 한번 붙어 보자!"

책장과 책장 사이 구석진 곳으로 쥐를 몰아넣고는, 갑자기 튀어나올 것에 대비해 주변 물건들로 울타리를 쳤다.

"앗차! 살충제도 필요하겠구나."

구석진 곳을 향해 집중적으로 살충제를 연거푸 뿌렸다. 쥐가 그 냄새를 맡고 잠시 혼란에 빠지지 않을까 싶어서였다. 막대기로 책장 여기저기를 두드렸다. 삐익삐익 뿔피리를 시끄럽게 불었다. 마치 6·25 전쟁 때 중공군이 꽹과리를 두드렸던 것처럼.

잠깐 멈추고 쥐새끼가 내는 소리를 염탐했다. 책장 뒤에서 부스럭 소리가 짧게 들리더니 이내 조용해졌다.

"이 녀석이 지금 구석진 곳에 그대로 있을까? 그새 슬그머니 부엌 쪽으로 달아났을까?"

나는 살금살금 까치발로 부엌 쪽에 갔다.

"아뿔싸, 언제 저기까지 달아나 숨었을까?"

이번에는 부엌 싱크대 밑에서 부스럭 소리가 들렸다.

"옳지! 넌 독 안에 든 쥐다."

나는 다시 막대기로 싱크대 문짝을 세게 두드렸다. 뿔피리도 계속 불어댔다. 쥐가 혼비백산하도록. 그러다가 손전등을 구석진 곳에 가만히 비추었다. 이 구석에 숨을 구멍 같은 것은 없는데 녀석은 보이지 않았다.

"쿵쿵쿵, 삐익삐익."

또 잠시 멈추어 소리를 염탐했다. 손전등도 잠시 껐다. 숨을 죽이고 구석을 가만히 살폈다. 이게 웬일인가. 구석진 곳에 오래전에 냄새를 없애려고 카페에서 얻은 원두를 담아 둔 조그만 플라스틱 통 안에서 무엇인가 꿈틀거렸다. 쥐새끼였다. 아까 그놈이었다.

나는 며칠 전 세탁기에서 뱀을 잡은 요령과 마찬가지로, 긴 집게를 슬로 모션처럼 아주 천천히 들이밀었다. 손전등을 번쩍 비추는 동시에 순식간에 집게로 녀석 대가리를 꽉 집었다.

"잡았다!"

일단 살충제를 녀석 대가리를 향해 사정없이 뿌렸다. 녀석은 체포된 몸을 꿈틀거리며 까만 쥐똥을 두어 번 내갈겼다.

지난번 뱀을 마당에 내다 버릴 때처럼, 집게 손잡이를 꽉 쥔 채 한 발 한 발 조심스럽게 디디면서 일단 마당에 내려서는 동작에 성공했다.

마당 그늘진 곳에서 늘어져 있던 길고양이가, 벌떡 일어나 어리둥절한 눈으로 나를 쳐다보았다.

"야, 쥐 잡았어. 너한테 던져 줄까? 인마, 달아나지 말고. 저런 바보 같은 녀석. 안 되겠다."

잠시 망설이며 궁리하다가 대문 바깥으로 나갔다. 오른손에 든 살충제를 계속 머리에 분사하자 녀석은 조금 늘어진 것처럼 보였지만 여전히 꿈틀거렸다.

대문 앞 넓은 주차장 구석에 약간의 풀더미가 있는 곳으로 갔다. 길고양이들이 자주 지나다니는 길목이었다.

"이 쥐새끼를 놓아주기 전에 몇 번 패대기를 쳐야 할까? 기절하도록 실컷 패줄까? 아니야. 기왕에 죽이지는 않기로 했으니, 집에서 이 정도 떨어진 곳에 버리면 제가 알아서 하겠지."

나는 풀더미에 쥐를 휙 던졌다.

"하아아, 드디어 끝났구나!"

긴 한숨을 몰아쉬었다. 부엌에 가서 쥐똥을 치웠다. 구들방 의자에 털썩 주저앉았다. 온몸이 땀범벅이었다. 텀블러에 남아 있던 냉커피를 단숨에 들이마셨다. 담배를 길게 빨아 허공으로 내뱉었다.

"만세!"

며칠 사이에 잇달아 벌어진 뱀 소동과 쥐 소동이 마침내 잘 마무리된 순간이었다.

"수고했다!"

나는 나 자신을 칭찬했다.

그러나 뱀과 쥐가 이곳에서 완전히 절멸된 것이라고 볼 수는 없었다. 그저 다시는 집 안에 나타나지 말기를, 적어도 올해는 그만 나타나기를 바랐다. 더 이상은 나도 어쩔 수 없는 노릇이었다. 낡은 옛날식 집에서 미리 대비하는 일은 소용없었다.

마음 한편에 개운함이 없진 않았지만, 그렇다고 속이 시원한 것도 아니었다. 앞으로 살다가 이런 일이 또 닥친다면, 그때 가서 또 해결해야 할 것이다. 나의 삶이 나의 선택으로 이렇게 흐르는 것을 더 이상 무엇을 어찌하랴.

조금 전에 참 오랜만에 멀리 고양시에 사는 투병 중인 친구가 메시지를 보내왔다. 엊그제 보내 준 지리산 풍경을 뒤늦게 본 모양이었다. 친구는 이틀 간격으로 신장 투석을 받는 처지였다. 젊은 기자 시절부터 오랜 세월 가깝게 지내온 친한 친구였다.

나는 친구에게 이렇게 얘기했다.

"내가 지리산에서 착실히 살아가듯이, 자네도 건강 잘 챙기면서 유머러스하게 살게. 인생 뭣이 중헌디? 다 지나가는 이야기일 뿐. 해석 붙이지 않고 있는 그대로 바라보자, 정견正見. 투병하다가 가끔 답답할 때 편하게 연락하게."

친구는 반말 대신에 정중한 말투로 답장을 보냈다.

"감사합니다."

사실 오늘 아침 꿈에서, 이전에는 좀처럼 나타난 적이 없었던 분들을 뵈었다. 35년 전에 별세하신 어머니와 3년 전에 입적하신 큰스님이, 그것도 한자리에 계시는 모습을 보았다. 이드문 꿈속에서, 나는 두 분과 이만치 떨어진 곳에서, 뭔가 글을 끄적이고 있었다.

　오늘 하루에 벌어진 이 모든 일들은 무엇일까. 나는 아는 게 전혀 없다. 어느 구도자가 말했다.

　경험하는 모든 바깥 것들에 빠져들지 마십시오.

　알아차림이 경험하는 것에만 집중하십시오.

　알아차림을 알아차리십시오.

　알아차림에는 결코 아무 일도 일어나지 않습니다.

그 바닷가

사람이 오롯이 자기 혼자 있을 때, 어떤 공간에서 어떤 시간을 보내느냐를 보면, 그 사람이 삶을 어떻게 살고 있는지 저절로 드러날 것이다.

그런 개별적 공간과 시간 속에서 그 사람이 하는 행동이 빚어내는 결과가 쌓여서, 남들에게 비치는 그 사람의 모습과 느낌이 될 것이다. 스스로 업業을 지으니, 지어낸 보報가 뒤따를 것이다. 이른바 '자석의 법칙'이다.

아침 겸 점심을 챙겨 먹은 뒤, 무작정 길을 나섰다. 방향은 남쪽바다 고흥이었다. 미리 정한 행선지는 없었다. 시야와 가슴이 뻥 뚫리는 팔영대교 언덕배기에 올랐다. 바다는 여전했다.

바다를 무심히 내려다보고 있을 때, 다른 자동차 한 대가 들어왔다. 나보다 나이가 더 들어 보이는 노인이 운전석에서 내렸다. 그도 혼자였다. 그도 나처럼 저만치에서 난간에 기대어 바다를 바라보았다.

꽤 오랜 세월 인생길을 걸어온 그와 나, 두 노인은 서로 모르는 사이였지만 같은 시간, 같은 공간에 놓여 같은 바다를 물끄러미 내려다보고 있었다.

다시 차에 올라 더 남쪽, 나로도 방향으로 천천히 길을 달렸다. 포두면을 지날 때 도로 표지판에 낯익은 여섯 글자가 보였다. '발포해수욕장'. 즉석에서 표지판을 따라 도화면 쪽으로 우측으로 차를 꺾었다.

'이 길 참 오랜만이군 … .'

달리면서 회상에 잠겼다. 어느새 30년이 훌쩍 지난 그 옛날의 추억들이 되살아났다. 아주 오래된 과거가 지금 이 순간으로 끼어들면서 다시 현재가 되어 나와 동행했다.

그 바닷가는 옛 모습 그대로였다. 길지 않은 아담한 백사장. 그때는 팔팔하셨지만 지금은 사라진 장모님과 그때는 꼬마였던 두 딸이, 모래밭에 몸을 파묻고 나란히 누워 아내가 끼얹어 주는 모래가 몸을 온통 덮어가는 것을, "앗 따가워. 웃 뜨거워" 하고 낄낄거리며 좋아하던 장면이 생생히 다시 펼쳐졌다.

'그때 장모님은 참 행복해 보이셨는데 … .'

그리움이 울컥 가슴을 적셨다.

내가 앉은 나무 벤치 아래에서는, 밀물이 슬그머니 데려다 놓은 하얀 조개껍데기들이 나를 올려다보며 미소 지었다.

"조개야, 네 몸뚱이는 어디로 갔니?"

바다에서는 체험 학습에 참가한 것으로 보이는 남녀 고등학생들이 즐거운 비명을 지르며 쾌속 보트 놀이를 만끽하고 있었다. 보트가 일으키는 하얀 물거품은 오래 머물지 않고 이내 사라졌다. 장모님이 어느새 사라진 것처럼.

여러 풍경과 광경을 핸드폰에 담아 즉석에서 서울의 가족에게 보냈다. 가까운 사람들에게도 공유했다. 챙겨 간 책 표지와 글 몇 페이지도 함께 나누었다. 모두 좋아했다. 싫어하는 이는 없었다. 남편 노릇, 아비 노릇, 사람 노릇을 하는 것 같아 흐뭇했다.

돌아오는 길은 벌교로 이어지는 국도를 택했다. 국도 옆 어느 편의점에 차를 멈추었다. 후배 부부가 자리를 지키고 있으면 만나려고 미리 연락을 취하지 않고 불쑥 들른 것이었다.

후배와 그 아내는 가게 안에 있었다. 도깨비 방문에 어리둥절해하면서도 변함없이 반갑게 맞이해 주었다. 후배와 나는 서로의 근황과 저무는 인생살이에 관해 많은 이야기를 나누었다. 후배의 아내는 얼른 복숭아를 깎아 내왔다.

혈당이 약간 떨어지는 기운을 느껴서 물었다.

"바둑알 초콜릿 있나?"

후배는 매대로 가서 물건을 집어 들었다. 후배의 아내는 그를 부추겼다.

"더 드리세요. 많이 드리세요. 여러 개 드리세요."

그 마음씨가 푸근했다.

나는 후배에게 벌교 집에서 멀지 않은 곳에 노년의 편안한 쉼터를 장만해 보라고 권했다. 후배는 마침 물색 중이라고 했다. 그런 쉼터가 마련되면 내게는 여기저기 돌아다니다 번개만 남 할 곳이 또 하나 생길 테니 기대하겠다고 맞장구를 쳤다.

낙안읍성을 지나 금둔사 오르막 고개를 넘을 때, 해가 서산 능선에 가라앉고 있었다. 나의 인생길처럼 능선 너머로 저물고 있었다.

지금쯤 직장에서 고단한 하루를 마무리하고 있을 나를 많이 닮은 큰딸에게, 석양과 응원의 몇 마디를 띄워 보냈다.

딸에게서 곧 답장이 왔다. 짧은 한마디가 적혀 있었다.

"시구 같아요."

이것으로 충분하다. 오늘 하루를 잘 살았으니, 이제 산자락 구들방으로 돌아가 쉬고 싶다.

곡성 압록 방향으로 태안사 앞을 지날 때, 수십 년 전 그곳 충혼관에 8폭 병풍 붓글씨를 헌사하셨던 아버지가 떠올랐다. 나라가 전쟁에 휩쓸려 혼란스러웠던 시절에 아버지는 지휘관이었다. 아버지는 생전에 나와 여행하다가 곡성 땅에 들어서면, 어김없이 전쟁 이야기를 꺼냈다. 30대 나이에 모진 전쟁을 겪었으니 그 경험이 강하게 박혀 평생 결코 잊을 수 없었으리라.

더구나 빗발치는 총탄으로 자칫 목숨을 잃을 수 있는 상황에서 생사의 갈림길을 오가며 가족을 염려하던 아버지가 겪었을 고뇌와 번민은 오죽했을까.

아버지는 전쟁 중에 모두 아홉 차례나 총상을 입었지만, 천우신조로 죽지 않고 살아남아 아들과 함께 옛날을 회상했다. 어느 누구도 함부로 평가할 수 없는 그 파란만장한 인생길을, 아들인 나조차 그 심정을 헤아리는 일은 불가능했다.

아버지는 말년에, 아직 건강하셨을 때 지리산에 다녀오셨다고 뒤늦게 말씀하시며, 사실 합동추모제에 참석하셨던 것이라고 설명하셨다. 그 추모제는 토벌대와 빨치산 양측이 처음으로 화해하여 함께 치른 행사였다. 말씀을 듣고 보니 매우 뜻깊은 자리였다.

동족끼리 서로 죽여야만 했던 어처구니없는 전쟁에서, 과연 무엇을 위해 싸웠는가? 나라와 민족을 지키는 일이란 대체 무엇인가? 참다운 용서란 무엇인가? 아버지는 아들에게, 온갖 풍상이 담긴 그 얼굴로, 담담하게 설명했다.

"정말 잘하셨네요. 그런데 그 먼 길을 가족한테 아무 말도 없이, 버스를 타고 다녀오신 겁니까?"

아버지의 묵묵한 성품은 평생 변함없었다. 죽음의 문턱을 아홉 차례나 넘나든 사람에게는 그 후 모든 인생사가 참으로 뼈저리고 덧없게 느껴졌으리라 짐작된다.

나는 지리산에서 아버지의 고향 들판과 어머니의 고향 들판 사이 길을 오르내릴 때마다, 두 분의 인생길을 떠올리며 숙연해진다. 그리고 애틋한 그리움에 사로잡히곤 한다. 본인의 뜻과 다르게 펼쳐진 인생에 대해, 살다 보니 그렇게 흘러간 인생에 대해, 다른 사람이 무슨 군더더기를 갖다붙일 수 있으랴. 그저 가슴이 찡해질 뿐이다.

두 분의 피를 이어받은 나에게는 두 분의 전 생애가 깊이 스며들어 있다. 두 분은 오늘의 나를 이루고 있다. 돌아가셨지만, 여전히 내 마음속에 살아 계신다. 내 인생이 끝날 때까지 나와 함께하는 동행이다.

섬진강을 따라 집으로 돌아왔다. 산천이 어둑어둑했다. 다시 밤이 찾아왔다. 구들방 황토벽에 걸린 부모님 사진을 다시 들여다본다. 내 안에 이 밤을 알고 있는 존재가 있다. 그것이 나다.

한 해의 절반

6월 마지막 날이다. 구들방 탁상시계의 시침時針과 분침分針은, 동작이 느려 바늘의 움직임이 안 느껴진다. 하지만 초침은, 세월이 마치 칼처럼 흘러감을 보여 주듯이, 빛의 각도에 따라 칼처럼 번뜩이며 쉬지 않고 돌아간다.

1년이라는 두툼했던 세월의 두께가 절반으로 줄어들었다. 사라져 버린 그 절반의 세월을 한 묶음으로 치면, 덜컹하고 큰 뭉치가 떨어져 나간 것처럼 느껴진다.

하지만 지나간 세월의 하루하루는, 나 같은 은퇴자에게는 느리거나 지루하게 느껴졌던 것도 사실이다. 그러나 그 하루하루는 느려도 지나갔고, 지루해도 지나갔다. 즐거워도, 언짢아도, 울적해도 모두 지나갔다.

한 해의 절반이 없어지고 절반이 남은 오늘 아침, 날은 다시 밝았지만 여전히 딱히 할 일은 없었다. 잠시 세월의 흐름에 대해 이런저런 생각이 들었으나, 그런 생각 자체를 떨쳐 버리자고 마음을 추슬렀다.

누가 뭐라 하든 나의 삶에 대한 타인의 평가는 별 의미가 없고, 오직 지금 여기 이 순간만이 '나'라는 것, 마음과 생각을 과거나 미래에 둘 필요가 없다는 것, 이것만이 단단히 붙들어야 할 실마리이자 화두임을 다시 새겼다.

지나간 반년의 기억들 가운데, 기억의 저편으로 가물가물 사라져 버린 것들은 기억이 스스로 그렇게 처리한 것이니, 내가 굳이 되돌아가 더듬으려고 애쓸 필요는 없을 것이다.

그중에서 기억에 남아 슬며시 미소를 지을 수 있는 것만을 현재로 데려와 함께 살아가면, 그것으로 충분할 것이다. '현재에 잘 섞일 수 있는 과거'만이 가치와 의미를 지닐 것이다.

어제는 오전 10시에 기온이 32도였다. 오늘도 정오를 막 지날 때 기온이 33도다. 폭염에 함부로 외출하지 말라며 핸드폰으로는 재난문자가 날아들고, 마을회관 확성기에서는 방송이 나온다. 내게는 도무지 와닿지 않는 판에 박힌 경고일 뿐이다. 나는 오늘도 어디론가 길을 나서 볼 참이다.

어제는 온통 산과 계곡밖에 없는 진안 땅을 구석구석 쏘다니다가 메타세쿼이아 길을 건졌다. 그늘진 길이 좋았다. 그늘

틈새로 하늘과 구름이 보여 더 개운했다.

바깥세상은 푹푹 찌는 찜통이었다. 재난문자와 마을회관 방송은 틀리지 않았다. 그러나 자동차 안에서 에어컨을 켜고 가만히 풍경을 바라보며 쉬거나, 천천히 풍경을 음미하며 달리면 그것이 내게는 최고의 피서가 되었다.

책은 굳이 오래 읽을 필요가 없었다. 시야가 탁 트인 산천에서는 불과 몇 줄만 집중해 정독해도 잘 소화된다. 페이지를 계속 넘기는 것은 중요하지 않다. 단 한마디 표현이라도 깊이 꽂히면 수지맞은 일이다.

어제 나에게 쏘옥 들어와 새겨진 한마디는 '실존적 안심'이라는 말이다. 내가 이해한 그 뜻을 내 식으로 표현하자면 이렇다. 자기 자신이 잘 살고 있다고 스스로를 안심시키는 방식. 다시 말해 어떤 볼일이나 만남에 바쁘게 움직임으로써 공허함을 메워 보려는 시도다. 이 표현이 가리키는 끄트머리에는 반전이 있다. 그야말로 헛짓이라는 뜻이다.

'실존적 안심'이라는 흥미로운 말을 깊은 사색 끝에 만들어 낸 심리학자는 이런 설명을 덧붙였다.

"부조리란, 당신이 찾는 의미에 우주가 응답하지 않는 상황이다."

우주는 당신을 이해시켜 줄 의무가 없다. 삶에 의미가 있느

냐 없느냐는 전적으로 개인의 책임이다. 이 철학자의 설명을
나의 표현으로 해석하면 이렇다.

"하늘은 개별적 인간을 일일이 상대해 주지 않는다. 그래서
하늘은 인간들에게 늘 무심하다는 인상을 준다. 그러나 그런
무심한 방식을 깊이 파고들면, 하늘과 우주가 당신을 한순간
도 내버려두지 않고 챙기고 있다는 것을 알게 될 것이다."

당신이 내팽개쳐져 있다면, 방치되어 있다면, 나 또한 그렇
다면, 당신과 나는 대체 왜 태어났으며 왜 죽음을 맞이하는가.

옆구리 쿡

여수 바닷가를 가려고 대문을 나섰다. 시동을 걸어 마을을 막 벗어나려는 순간, 아는 스님의 메시지가 왔다.

"이 양반은 지금 여름 안거 수행 중일 텐데, 웬일이람."

차를 멈추고 메시지를 열어 보니 우산을 놓고 오듯 자신에 대한 집착을 내려놓고 싶다는 정현종 시인의 시구였다.

스님의 메시지가 도착하기 무섭게, 가까운 후배가 오랜만에 보낸 메시지도 연달아 들어왔다.

"몽골 울란바토르 시내를 다니고 있습니다. 여기 사람들을 보니, 1만 년 전에 우리 조상들이 여기서 한반도로 넘어간 게 틀림없다는 생각이 듭니다."

스님과 후배가 여수를 향하던 내 옆구리를 쿡 찔렀다. 내 어깨를 툭 쳤다. 차의 방향은 갑자기 마을 아래 호숫가로 바뀌었다. 차를 세우고, 스님과 후배가 보낸 메시지를 다시 한번 천천히 들여다보았다.

잠시 후 나는 여수행을 접고 다시 구들방으로 돌아왔다. 시구처럼 여수 앞바다에 우산을 놓고 오듯 나를 거기에 놓고 오려고 했는데 … . 지그재그 같은 내 모습은 마음이 그때그때 하고 싶은 대로 흘러가 버린 탓이다. 애당초부터 뚜렷한 목적도 없이 가야 할 곳만 떠올렸을 뿐이니까. 어디를 가든 그 자리일 테니까.

구들방에서 간밤에 읽다가 멈춘 책을 다시 펼쳤다. 무엇을 해도 그만이니까.

조금 전 마당에 들어설 때, 길고양이에게 아침에 내주었던 특식 삼계탕 그릇을 들여다보니, 어느새 깡그리 비어 있었다. 고양이는 틀림없이 어느 그늘에 널브러져 있을 것이다.

고양이는 어디 놓고 올 만한 자아는 없을 테지. 고양이는 어디든 드러누우면 그것이 곧 안거일 테지.

선풍기가 없었더라면

자다가 더워서 여러 번 깼다. 새벽 5시도 되지 않았는데 핸드폰이 알려 주는 기온은 벌써 27도다.

'오늘도 무더위가 대단하겠구나!'

잠에서 여러 번 깬 이유는, 전기료 아낀답시고 선풍기 타이머를 최대치인 세 시간으로 맞춰 놓은 탓이었다. 설정된 시간을 다 채우면 선풍기는 작동을 멈춰 버린다.

선풍기가 멈추자 후텁지근한 공기가 온몸을 덮치는 바람에 잠을 설쳤다. 간단하게 연속 작동으로 해 놓았더라면 괜찮았을 것이다. 하지만 잠결에 정신이 몽롱한 상태로 엉금엉금 일어나, 머리맡 선풍기 타이머를 해제할 생각을 미처 하지 못했다. 멍청하게 작동 버튼만 다시 눌렀을 뿐이다.

열대야가 당분간 기승을 부릴 테니, 오늘 밤부터는 타이머를 설정하지 않고 선풍기를 밤새 틀어놓는 게 마땅한 방도일 것이다. 고지식한 생각 하나가 스스로 안면을 방해하는 꼴을 자초하다니. 더워서 깼다가 선풍기 바람에 잠들기를 몇 차례나 되풀이한 끝에, 아예 잠이 달아나 버렸다.

애당초 이 낡은 집에서 살기 시작한 때부터 에어컨을 설치하지 않고도, 여름에는 선풍기만 있으면 지낼 만했다. 앞으로도 에어컨은 놓지 않을 생각이니, 오직 선풍기만으로 여름을 버텨야 할 것이다.

아직 날이 밝지 않아 어둑어둑한 구들방의 작은 의자에 앉아, 틀어 놓은 선풍기를 가만히 바라보았다. 이 허름한 집에서 앞으로 몇 번의 여름을 더 살다가 인연이 다하게 될지 알 수 없는 노릇이다. 나에게 남은 세월 동안, 이 작은 구들방에서 여름을 보낼 때 오로지 선풍기에 의지하여 살아가게 될 터이다.

그런 생각을 하다 보니 선풍기가 새삼 고맙다. 선풍기를 돌아가게 만드는 전기가 고맙다. 역시 나는 혼자 힘만으로 사는 게 아니다. 고마운 것들 덕분에 사는 것이다.

산 숲에서 소쩍새가 서너 번 울었다. 소쩍새도 더위에 지쳤는지 금방 울음이 그쳤다.

더위는 사람 눈에 보이지 않는 공기의 흐름이지만, 세상 모든 곳을 명백하게 지배하고 있다. 요즘 세계 모든 나라들을 향해 건방진 지배자 노릇을 하는 미국 대통령 트럼프마저 이 더위는 이길 수 없다. 더위를 식혀 줄 에어컨이 그의 주변에 없다면, 그가 더위를 견딜 수 없게 된다면, 그에게 가장 시급한 과제는 중동이 아니라 더위가 될 것이다.

트럼프도 건방지지만, 인간들은 참 건방지다. 이미 갖춘 것들, 이미 가진 것들에 대해서는, 도무지 감사함이 없다. 인간이 세상에 나타나기 훨씬 전부터, 지구를 둘러싼 하늘이 시퍼렇게 내려다보고 있는 한, 인간들은 하늘의 된맛과 쓴맛을 더 보게 될 것이다.

트럼프를 굳이 저주할 생각은 없다. 하지만 몇 년 후 사람들은 국제뉴스에서 "트럼프가 마침내 임기를 마치고 백악관을 떠났다"는 소식을 듣게 될 것이다. 또 그로부터 얼마 지나지 않아 "트럼프가 세상을 떠났다"는 부음을 듣게 될 것이다.

나도 그렇고 당신도 그러할 것이다.

풀벌레 소리

추르르, 찌르르, 추르르, 찌르르 ….

한밤중 풀벌레 소리에 잠에서 깼다. 시계를 보니 아직 3시도 되지 않았다. 인간의 생체리듬상 이 시간에는 깊은 잠에 빠져 있어야 하겠지만, 나는 풀벌레 소리에 깨어났다.

찌르르, 추르르 ….

여치인가? 베짱이인가? 저 풀벌레 소리가 이렇게나 청량했 던가? 소리가 시원하기 그지없다.

위이잉, 위이잉 ….

구들방 안에서는 선풍기 돌아가는 소리, 마당 풀숲에서는 벌레 우는 소리가 들린다. 한밤중에 깨어 있는 사람만 들을 수 있는 자연음과 인공음의 조화로운 오케스트라다.

내 감각 가운데 귀가 시원하고 살갗이 시원하다. 가슴도 시원하다. 내 안에서 시원함을 느끼는 존재가 그 시원함과 하나가 되어 그 속에 놓여 있다. 핸드폰이 가리키는 기온은 26도. 열대야라지만, 나는 풀벌레와 선풍기 덕분에 시원하다.

전혀 시끄럽지도 않다. 한밤중 고요함의 바탕 위에서 풀벌레 소리와 선풍기 소리가 아스라이 들릴 뿐이다. 구들방 바깥의 저 소리와 구들방 안의 이 소리는 인간인 나에게 무심하지만, 나는 그 소리를 마음껏 누리고 있다.

앞으로 서너 시간쯤 지나면 날이 밝을 것이다. 새벽이 되고 아침이 올 것이다. 그때가 되면 풀벌레는 울음을 멈출 테지. 그때가 되면 나는 아침의 사람이 되어 그에 걸맞은 생각과 행동을 하겠지.

하지만 지금은 오직 풀벌레 소리만 들린다. 수많은 내막을 가진 내가 지금 할 수 있는 유일한 일은, 오로지 풀벌레 소리를 듣는 것이다.

지금 이 순간 나는 풀벌레다. 다른 무엇에 비기랴.

폭염 독서

다닐 곳이 너무나 많은 지리산에서 갈 곳이 없었다.

종일토록 찌는 듯한 더위 탓에 어디를 가든 사서 고생할 판이었다. 평소 아무 곳이나 다니기를 좋아하는 내가, 이렇게 날마다 집 안에만 머물기는 처음이다.

'더위 감옥'에 갇힌 셈이었다. 꼼짝없이 산마을 집 안에만 있어야 한다는 것은, 작은 단칸 구들방에서 어떻게든 시간을 지루하지 않게 보내야 한다는 걸 의미했다.

끼니를 적당히 때우기 위해 잠시 부엌을 드나들거나, 마당 수돗가에서 옷을 벗어젖히고 찬물 샤워로 몸을 식히는 것 말고는, 줄곧 비좁은 방 안에서 더위와 지루함을 견디는 일이 졸지에 큰 과제로 다가왔다.

글이라도 끄적이거나 책을 읽는 등의 생산적인 일에 몰입하지 않는다면, 다른 선택지는 거의 없는 처지가 되었다. 무작정 사람들을 만나러 다니는 일은 엄두가 나지 않았다.

TV는 어지간히 재미없는 내용이거나 재방송이 많다. 게다가 바보상자를 장시간 멍하니 들여다보는 일은 도무지 하기가 싫었다. 그렇다고 라디오나 오디오에서 흘러나오는 음악을 오래 듣는 일도 별로였다. 그나마 다행은 책이 수두룩하다는 점이었다. 책 읽기는 오래된 취미라서 천만다행이었다.

이제 본격적인 여름 더위가 시작된 7월 초다. 갈수록 기록을 깨는 극강 폭염이 9월까지 기승을 부릴 것 같은 예감이 들었다. 이런 마당에, 당장의 며칠이 아니라, 장장 석 달 동안의 더위 대책을 나름대로 강구하는 것이 절실해졌다. 가족을 보러 작년 여름보다 더 자주 상경해서, 이 더위 감옥의 지속성을 끊는 것도 괜찮은 생각이다.

아무튼 이리하여 오늘도 책을 한 권 집어 들었다. 일본 작가 무라카미 하루키의 장편 소설로 무려 567쪽에 달하는 두꺼운 책이었다.

만만치 않게 두꺼운 책을 잘 읽는 내 나름의 요령이 있다. 우선 책의 두께를 전혀 의식하지 않는 것이다. 읽다가 얼마나 읽었는지 굳이 따지거나, 다음 페이지로 넘어가야 한다는 강박을

처음부터 버리는 것이다. 그 대신 서두르지 않고 문장 하나하나를 꼼꼼히 음미하듯 읽어 내려갈 뿐이다.

독서 자세도 중요하지만, 무엇보다 글의 내용과 표현과 전개, 다시 말해 작가의 글솜씨 또한 나를 부드럽게 끌어들일 수 있어야 한다. 글을 쓴 사람과 읽는 사람이 물 흐르듯 하나가 되는 것이다.

이런 점에서 오늘 펼친 책은 만족스러웠다. 등장인물이 많지 않다는 것도 마음에 들었다. 스토리가 번잡하지 않은 점도 좋았다. 특히 인물들의 심리를 드러내고 묘사하는 솜씨가 보통이 아니라 나도 모르게 감정이입이 되었다. 주인공들 바로 옆에서 이야기를 듣는 듯 소설 속으로 빠져들었다. 책을 잘 고른 덕분에 나의 구들방 시간도 잘 흘러갔다.

무엇보다 이런 방식의 더위 극복이 투쟁 같은 일이 되어서는 전혀 소용없는 헛일이 될 뿐이라는 생각이 든다. 긍정적인 일이 되어야 한다.

맛 좋은 음식을 즐겁게 먹듯이, 나의 취향과 정신이 글맛을 달게 씹어 삼킨다면, 비좁은 방 안에서도 바람 쐬듯 멋진 여행을 하게 된다. 낯선 사람들의 생소한 이야기가 체험하듯 나를 끌어당기는 것이다. 잘 먹고 배가 잘 부르듯 나의 정신에도 포만감이 느껴지는 것이다.

더욱 일거양득이 된 일은, 글을 읽다가 잠시 접어 두고, 내가 직접 글을 또 한 토막 쓰게 되었다는 사실이다.

어느새 하루가 저물고 있다. 나는 몸과 내장이 조금 별난 체질을 가진 것일까. 한참 전인 오전에 '아점'으로 요기한 이후 여태 식사를 하지 않았는데도 배고프지 않았다.

하지만 섭생을 위해 뭔가 챙겨 먹어야 한다. 오늘 두 번째 끼니이자 마지막 끼니가 될 저녁 식사는, 잠시 후 부엌으로 건너가서, 아내가 챙겨 준 오이냉국에 즉석밥을 데워 말아먹으면 간단하고 든든할 것 같다. 먹는 것도 그렇지만, 나는 무엇이든 간단한 게 좋다.

집 안에서 무슨 일을 하든지, 오늘 하루 나를 훌륭하게 잘 도와준 수훈갑이 있다. 종일 쉼 없이 자기 할 일을 묵묵히 잘하고 있는 선풍기다.

"선풍기야, 오늘도 고맙구나! 선풍기야, 네가 일으키는 바람이 썩 시원하지는 않아도 그건 네 탓이 아니란 걸 잘 알고 있단다. 네 덕분에 책 읽을 만하고 네 덕분에 글 쓸 만하다. 선풍기야, 오늘 밤에도 잘 부탁한다."

행동반경

행동반경이 1m 정도라면, 독방에 갇혀 지내는 죄수와 비슷할까. 그보다 못할까.

나의 구들방 얘기다. 나는 구들방 안에서 성큼성큼 걸어 다니는 것이 불가능하다. 조심조심 비켜 다닌다고 하는 것이 사실에 가깝다. 몸을 움직이다가 걸핏하면 방 안의 물건과 부딪치기 일쑤다. 하루에도 여러 번 몸이 물건과 부딪치거나 스치며 건드린다.

그럴 때면 혼자 툴툴대거나 짜증을 부리기도 한다. 가만히 잘 있는 물건을 건드려 놓고서 불만을 터뜨리는, 이런 광경을 누가 CCTV로 본다면 웃긴 장면이 될 것이다. 온갖 물건들이 차지한 자리를 제외하고 조금 남은 공간이, 내가 드러눕는 잠자리다.

일전에도 어느 스님이 내 집에 한번 와 보고 싶다고 했을 때, 이렇게 대답했다.

"스님, 손님이 앉을 자리가 없어요."

설마 손님이 귀찮아서 내치는 소리로 그 양반이 오해하지는 않기를 바라면서.

잠자리에서 몸을 일으키고 나면, 그다음 몸의 움직임은 뻔할 뻔 자다. 의자 세 개를 번갈아 옮겨 다니며 활동한다. 방이 비좁다면서 웬 의자가 세 개나 되느냐고 갸우뚱할지 모른다. 하지만 이 의자들은 나에게 매우 요긴한 물건이다.

가로세로 50cm가량 되는 간이의자가 첫 번째 의자다. 털썩 앉아 가만히 이런저런 생각을 하거나, 발치 아래에 둔 커피 텀블러나 생수통을 집어 들고 마시며 TV를 볼 때 사용한다. 핸드폰을 만지작거릴 때도, 앉지 않고 서 있을 수는 없는 노릇 아닌가.

두 번째 의자는 글을 쓸 때 앉는 책상의 동반자다. 나에게는 가장 생산적이고 창의적인 작업을 도와주는 소중한 물건이다. 거창하게 얘기하면 창작의 산실이다. 이 의자에 앉아 지금까지 10년이 넘는 세월 동안 여덟 권의 책을 썼으니, 장하고 기특한 의자다.

세 번째 의자는 의자라고 부르기에는 민망하다. 등받이도 팔걸이도 없는, 애초에는 세탁실에서 쓰던, 높이 25cm쯤 되는 플라스틱 앉은뱅이 '엉덩이 받침'이다. 이 의자 또한 무척 요긴하다. 바로 이 물건에 몸을 실어 적당히 편한 자세를 취한 다음 독서를 하기 때문이다.

사상 유례없는 폭염에 갇혀 비좁은 구들방의 짧디짧은 행동반경 안에서 나의 일상과 삶이 이루어지고 있다. 참으로 신통방통하다. 비록 몸은 공간적·물리적 한계에 부딪혀 있으나, 나의 가슴과 마음과 의식과 정신과 영혼, 더 나아가 나의 '존재'는 아무런 한계 없이 무한하다.

나의 내면에는, 흙에 넣어도 썩지 않고, 물에 넣어도 젖지 않고, 불에 넣어도 타지 않는, 인간의 생각 너머에 있는, 생각만으로는 이해할 수 없는 것이 있다. 구들방 안에서 순식간에 밤하늘 우주의 달과 별까지 접속하는, 그런 존재가, 그런 생명 기운이, 그런 알 수 없는 에너지가 있다. 아무리 펑펑 갖다 써도 탕진되지 않는, 엄청나고 신묘한 존재가, 한순간도 나를 떠난 적이 없는 밑바탕의 밑바탕과 같은 존재가 항상 작동하고 있다. 그것은 스스로 명명백백하게, 틀림없이, 가차 없이 드러난다.

몸은 행동반경 안에 있지만, 맑고 고요한 마음은, 탁하지 않고 투명한 마음은, 극초음속 최신 병기 스텔스처럼 온 세상을 자유롭게 누비고 다닌다. 내가 구들방 안에서 읽고 있는 두꺼운 소설책도, 바로 이런 영혼이 이리저리 다니는 여정일 것이다.

인생길은 목적지가 설정되어 있지 않은 하늘의 조치다. '천공지능'이다.

23도

실내 기온 23도에 경이로움을 느꼈다. 난생처음으로, 그것도 한밤중에.

기온 23도가 나를 감동시킬 줄이야! 세상모르고 잠에 빠져 있다가, 약간 추운 느낌이 들어 잠에서 깨어났다. 선풍기 덕분에 시달리지 않고 자다가, 선풍기 탓에 잠을 깬 것이다.

핸드폰 날씨 알림을 보니 기온이 섭씨 23도였다. 새벽 두 시였다. 폭염과 열대야를 계속 겪다가 밤중에 썰렁하여 잠을 깨다니. 날씨가 변한 것을 실감했다.

선풍기를 돌리지 않아도 수면에 별 지장이 없는지 확인하려고 작동 스위치를 껐다. 위이잉 소리도 그쳤다. 잠시 그런 상태로 내 몸이 받는 느낌을 주시했다. 전혀 춥지도 덥지도 않았다. 딱 알맞았다. 기막힌 온도였다. 절묘한 균형점이었다.

날마다 철야 근무를 하던 선풍기가 처음으로 쉬었다. 선풍기가 작동을 멈추니, 플러그를 꽂아 놓은 멀티탭 스위치의 빨간불이 컴컴한 방 안에서 유난히 돋보였다. 그 스위치에 손을 갖다 대니 뜨끈했다.

"스위치야, 너도 야근하느라 열 받았구나. 좀 쉬어야겠다."

스위치를 껐다. 선풍기가 쉬니 스위치도 쉬고, 스위치가 쉬니 빨간불도 꺼지고, 덩달아 선풍기 작동 소리도 멈추었다. 구들방 안은 고요해졌다. 나의 두 귀도 고요해졌다. 나의 두 눈도 캄캄하여 아무것도 보이지 않으니 더불어 고요해졌다.

이 모든 쉼과 고요함을 가져다준 고마운 손길이 바로 기온 23도였다. 23도가 해낸 것이었다. 지금 내가 도시의 열섬 현상 속의 콘크리트 아파트에 있었다면, 자연이 내려준 23도의 혜택을 누리지 못했을 것이다. 특히, '고요해진 나'를 발견하기 어려울 것이다.

인간은 대체 겹겹의 콘크리트 도시를 만들어 궁극적으로 무엇을 하려는 걸까? 고대 유럽 땅에서, 문명이 없어 야만이라 일컬어지던 게르만의 반달족과 고트족이, 당대 최고 문명을 자랑하던 서로마제국으로 쳐들어온 그 일이, 마침내 고대를 끝내고 중세를 여는 문명의 변곡점이 된 것은 대단히 역설적이다.

야만이 중세 문명을 열게 된 것이다. 결과적으로 문명이 야만의 덕을 본 것이다. 작은 구들방 안에서, 문명의 도구인 선풍기의 작동이 멈추자, 고요한 세계가 드러난 것도 마찬가지다.

자연이 순환하여 만들어 준 기온 23도가 질문의 실마리를 던진다. 기후에 악영향을 미치는 자업자득의 어리석은 문명이 향하는 곳은 어디일까?

인간은 문명의 발달에 함몰되어 있지만, 자연과 우주가 하는 일은 '순간적이고 입체적인 원샷'이다. 변화무쌍한 자연현상이 구들방과 나에게 결정적인 영향을 미치고, 세상사와 인간사를 쥐락펴락한다.

이치가 이러하니, 기온 23도에 경탄할 수밖에. 아니, 경탄으로는 부족하다. 겸손해져야 한다. 너무 더우면, 자연의 위력이 거세지면, 인간이 할 수 있는 일은 삽시간에 확 줄어든다.

지금 겪는 이 기록적인 더위가 역대급이라면, 분명 그만한 까닭이 있을 것이다. 우리는 그 이유를 잘 들여다보아야 한다. 인간 사회는 급속도의 편리함을 추구하기보다, 오히려 더 게을러져야 할지도 모른다.

서울 남산 아래 값비싼 고층 아파트의 쾌속 승강기를 타고 내려온 사람이, 자신의 두 발로 숲속 나무 그늘을 향해 느리게 터벅터벅 걸어가는 모습은, 무엇을 뜻하는 것일까. 에어컨이 잘 작동하는 부산 해운대 고층 아파트의 속도 빠른 엘리베이터에서 내린 사람이, 땡볕 내리쬐는 바닷가 모래밭을 맨발로 걸으며 파도에 발을 적시는 이유는 또 무엇일까.

우리의 삶은, 인간 사회는, 문명은, 기온 23도처럼 균형점을 찾아야 한다. 적당해야 한다. 균형을 잃으면 대가를 치를 것이다.

갇힘과 벗어남 사이에서

한동안 극심한 땡볕이 온 세상을 싸잡아 휘두르더니, 이번에는 물난리가 들이닥쳤다. 전국 이곳저곳에서 밤새 엄청나게 쏟아진 빗물이 홍수가 되어서 피해가 속출했다. 갑자기 무너진 옹벽에 파묻혀 차 안에서 봉변을 당한 어이없는 죽음도 있었다.

TV 방송에서 긴급하게 연결된 현장취재 기자가 쏟아지는 비를 흠뻑 맞으면서, 수해 소식을 열심히 전하는 모습이 인상적이었다. 그는 한 손에는 마이크를 들고, 다른 한 손에는 뉴스 원고를 적어 둔 핸드폰을, 음식물을 담는 투명 지퍼백에 넣은 채 들여다보았다.

내가 지내는 산마을은 비 피해는 없었지만, 새벽녘에 요란한 빗줄기가 한바탕 퍼부었다. 비가 잠시 가라앉은 틈에, 숲과 나무에서 새들이 잘 살아 있음을 울음으로 알렸다. 하지만 비가 다시 내리자, 새들은 침묵하고 빗소리만 들렸다.

아침 겸 점심을 가볍게 챙겨 먹은 뒤 설거지를 마치고 나니, 나는 졸지에 할 일이 아무것도 없는 처지가 되었다. 홀짝홀짝 아껴 마시던 드립 커피까지 다 마신 다음, 구들방 의자에 그냥 가만히 앉아 있었다.

할 일이 없어진 나의 두 손은 팔걸이에 힘을 빼고 얹혀 있었다. 숨을 들이쉬고 내쉴 때, 가슴과 배가 번갈아 조금 솟았다가 가라앉는 것이 느껴졌다. 나의 숨과 나의 몸통이 아직 살아 있음을 알려 주었다.

우르릉 꽈르릉. 마을 뒷산에서 천둥소리가 들렸다. 하늘이 내는 하늘의 소리였다. 하늘이 시퍼렇게 살아 움직이는 소리였다. 쏴아아, 쏴아아. 마당의 빗소리도 점점 더 커졌다.

오늘 하루 구들방에 얌전히 머물러도 빗속이요, 대문 밖을 나서도 빗속이다. 집 안에서 읽든 나가서 읽든 요즘 번갈아 읽고 있는 책 세 권을 종이봉투에 담아 쪽문 앞에 일단 두었다. 그 옆에 텀블러도 두었다.

이제 내 마음은 나의 선택을 기다리고 있다. 방금 핸드폰에 재난문자가 왔다. 열어 보니 호우경보다. 꼼짝 말고 집에 안전하게 있으라는 당부와 함께.

마을회관 확성기가 켜지더니 이장의 목소리가 들린다.

"오늘 마을 회식이 예정되어 있으니, 한 분도 빠짐없이 참석해 주시길 바랍니다."

마을 회식에 늘 빠지는 사람이 있다. 바로 나다. 그냥 가기 싫다. 내키지 않는다. 마을에 폐를 끼치고 산 적은 없다. 글을 쓰는 덕분에 알음알음 마을이 알려지는 데도 기여했다. 그래도 여럿이 모이는 곳으로 왠지 발길이 떨어지지 않는다. 어쩌랴.

내 마음속에서 두 개의 목소리가 들린다.

"얌전하게 구들방 안에서 놀지 그래."

"갇혀 있으면 뭐 해? 어디든 가서 탁 트인 경치를 보는 게 낫지. 일단 나가 봐."

지금 대문 밖으로 나서더라도, 내 마음이 무언가에 붙들려 있다면 나는 갇힌 것이다. 챙겨 놓은 책 세 권 가운데 한 권의 제목이 공교롭다. '붙잡지 않는 삶'.

그 누구도 나를 붙잡지 않는데 나 스스로 붙잡고 있는 삶에서 벗어나는 길은 멀지 않다. 불과 종이 한 장 차이, 망상과 깨어남 사이의 거리일 뿐이다.

이러는 사이에 낮 12시가 지났다. 결국 나는 잠시라도 외출하기로 마음먹었다. 노트북을 덮었다. 덮는 순간, 꽈앙 하고 천둥이 쳤다. 잘한다는 뜻일까.

계곡의 명장면

콸콸콸, 쏴아아 … .

핑장한 물살이었다. 흐르는 소리도 요란했다. 물소리가 자동차 지나가는 소리마저 집어삼켰다.

뱀사골에서 실상사 앞으로, 남원 인월에서 실상사 쪽으로, 모여든 두 줄기의 거센 물살이 하나로 합쳐져 함양 마천으로 그야말로 물밀듯이 흘러 내려가는 모습은 위압적인 장관이었다. 마천 금대암 입구 쉼터에 차를 멈추고 내려다본 광경이다.

사나흘 동안 지리산 일대에 퍼부은 호우는, 특히 산청과 하동 쪽에 역대급 타격을 입혔다. 그 바람에 장마가 끝나자마자 두 지역은 즉각 특별재난지역으로 선포되었다.

하늘에서 앞이 안 보일 정도로 쏟아진 거센 빗줄기는, 남녘 땅에서 몸집이 가장 큰 지리산의 웅장한 숲을 흠뻑 적시고 후

려치면서, 수많은 계곡을 물길로 삼아 세상을 삼킬 듯이 넘쳐 흘렀다.

엄청난 장맛비는 감쪽같이 물러갔다. 하지만 다시 폭염이 들이닥쳐 비에 젖은 인간 세상을 순식간에 찜통에 몰아넣고 건조시키는 위력을 발휘했다. 그와 동시에 장마가 남기고 간 물은 기나긴 계곡을 말끔히 정화했다. 그 광경은 두렵다기보다는 경외심을 불러일으켰다.

인간이 가장 위대하다는 비교우위적 언사는 전혀 들어맞지 않는다. 누구든 그 앞에 놓이면 알게 될 것이다. 도시의 콘크리트 속에서 에어컨 바람을 쐬며 이 장면을 백날 상상해 보았자 헛일이다.

그 계곡에서 나는 보았다. 그리고 나의 생각은 곧 가닥이 잡혔다. 흐르는 물은 찰나였다. 멈추지 않는 극히 짧은 순간의 연속일 뿐이었다.

하지만 그 순간의 '물'이, 까마득히 오래전부터 계곡에 박혀 있는 아득한 과거의 축적물 '바위'를 포옹하고 있었다. 찰나의 현재가 오래된 과거를 감싸안고 쓰다듬고 어루만지고 있었다. 오래된 과거가 찰나의 현재와 하나가 되어, 현재로 되살아나고 있었다.

이 장면은 내가 목격한 진실이었다. 쏜살같이 흐르는 물살과 바위의 만남은, 과거를 만나 훨씬 커진 현재를 이루고 있었다. 아니, 그 광경 앞에서 시간이라는 인간의 구분은 전혀 의미가 없었다. 시간은 끼어들 틈조차 없었다.

오히려 나는 지극히 안심이 되었다. 내 마음속은 뭔가 도저히 알 수 없는 것에 그윽해지고 고요했다. 물론 나는 혼자 거기에 있었지만, 나의 내면은 더 이상 언어가 필요하지 않았다. 혼자 지껄이던 이는 내 안에서 어디로 사라지고 없었다. 나는 침묵 그 자체였다. 나는 생각이 아니었다.

참으로 멋진 날이었다. 오늘 하루는 이 물살과 바위를 만난 것으로 이미 충분했다. 무엇이 더 필요하랴!

재해석

재해석은 바라보는 관점을 새롭게 바꾸어 본다는 것이다. 지금까지 유지했던 생각의 고정틀을 벗어나는 것이다.

우리의 삶과 인생길에서 벌어지는 온갖 일 중에서, 특히 부정적으로 버겁고 무겁고 힘들게 받아들였던 것들을 재해석하여 긍정적으로 가볍게 바꾸어 놓는다면, 커다란 변화를 맞이할 것이다.

북유럽 발트해 연안의 작은 나라 에스토니아에서, 눈길을 끄는 매우 흥미로운 일이 벌어져 해외토픽에 올랐다.

셰익스피어의 애절한 사랑 이야기 〈로미오와 줄리엣〉이 삭막하고 살벌한 공사장을 무대로 펼쳐졌다. 연극 역사상 유례를 찾기 힘들 정도로 파격적인 이 무대에는 미남·미녀 배우 대신 굴착기와 불도저, 픽업트럭 같은 중장비들이 주인공으로 등장했다.

흙더미 위에 앉아 지켜보는 수십 명에 불과한 관객들의 표정은 호기심과 진지함으로 가득 차 있었다. 관람 소감을 묻는 질문에 한 관객은 이렇게 답했다.

"우스꽝스럽지 않을까 예상했는데, 신선하고 좋았어요."

연출 감독은 이렇게 설명했다.

"전형적인 틀에서 벗어나 오늘날 우리가 살아가는 환경에 들어맞게 재해석해 본 겁니다."

놀라운 창의력이다. 연극은 인간 배우가 설치된 무대에 올라가 하는 것이라는 고정관념을 완전히 깨 버렸다. 원작자 셰익스피어가 이 광경을 봤더라면 어떤 감회가 들었을까. 발상의 경이로움과 놀라운 재해석에 입을 쩍 벌리며 무릎을 치지 않았을까.

이 어처구니없고 기발한 중장비 연극은 국제뉴스를 통해 전 세계에 전파되었다. 아마 수많은 이들이 온라인과 매체를 통해 이 경이로운 장면을 지켜보며 찬사를 보냈을 것이다.

이쯤 되면 재해석에 대한 정의定義마저 재해석되어야 하지 않을까. 해석이란 어떤 생각이다. 재해석은 다시 해보는 생각이다. 상상력이란 그야말로 무궁무진하다는 훌륭한 본보기가 탄생한 것이다.

독특한 음색과 발라드풍의 트로트로 독보적 위치에 오른 가수 린이, 자신의 노래를 국악 창唱을 익힌 후배가 재해석하여 부르는 것을 바라보며 내뱉은 한마디는 "경이롭다"였다.

기상예보에서는 여전히 폭염이 기승을 부린다고 했으나, 나는 이틀째 새벽에 어깨가 추워 잠을 깼다. 이불 없이 자다가 일어나, 얇은 이불 한 장을 끌어당겨 몸을 덮고 나서야 다시 잠들 수 있었다.

어제는 절기상 가을 문턱에 들어서는 입추立秋였다. 어제 마을 아래 호숫가에 나갔을 때, 모처럼 선선한 바람이 불어 기분이 좋아졌다. 오늘 새벽 잠결에 확인한 기온은 21도였다.

기상전문가들은 이제 여름 무더위도 '재해석'되어야 한다고 입을 모은다. 도저히 이해할 수 없을 정도로 비정상적인 더위가 닥친 것을 뉴노멀, 즉 새로운 보편적 현상으로 받아들이라는 것이다.

입추도 그렇다. 예전의 입추는 가을 맛이 완연했다. 하지만 올해는 폭염주의보와 폭염경보가 계속 발령되는 와중에 입추가 되었다. 입추도 재해석하는 게 타당할 것이다. 나의 인생길에서는 일흔세 번째 입추다. 명칭은 늘 같았지만, 이제 입추라는 절기의 의미도 새롭게 재해석해야 할 시간이다.

나는 과연 얼마나 무르익은 인생인지, 나의 삶은 잘 발효되고 있는지. 내가 주변에 풍기는 맛은 싱거운지, 짭조름한지, 매운지 아니면 달달한지.

　발효식품 중에 된장·고추장·간장은 항아리를 그늘이 아니라 햇볕이 잘 드는 곳에 두어야 맛이 좋아진다. 이 가을 햇볕에 나도 내 마음의 항아리를 내다 놓아야겠다. 살면서 당연하게 여겼던 일들을 재해석해야 할 것이다.

4부

구례 아리랑

두 살배기 독자

나에게는 생후 20개월 된 최연소 독자가 있다. 단골 식품점에 들렀다가 이 기분 좋은 소식을 듣게 되었다. 몇 달 전 내 책을 선물 받은 식품점 아주머니가, 인사를 주고받다가 불쑥 그 이야기를 전해 주었다.

"20개월 된 손자를 돌보며 지내는데요, 그 아이가 선생님 책을 무척 즐겨 봐요. 걸핏하면 그 책을 찾아 달라 성화예요. 책 속에 담긴 풍경 사진이 그리도 마음에 드는지 몇 번이고 보고 또 본답니다."

두 살배기 꼬마는 글을 읽지 못할 것이다. 하지만 내 책을 자주 들여다본다니 그 아이를 독자로 인정하지 않을 이유가 어디 있을까. 얘기를 듣는 내내, 나는 놀랍기도 하고 기분이 좋아지기도 했다.

그리고 내가 책을 쓸 때 가져야 할 자세에 대해 새삼 다시
한번 돌아보는 계기가 되었다. 어리디어린 아이에게 대체 그
무엇이 관심과 흥미를 일깨운 것일까. 나도 궁금하다.

"선생님, 다음 책은 언제쯤 나오나요?"

아주머니의 물음에 나는 대답했다.

"틈틈이 끄적이고 있습니다."

계란과 토마토, 우유, 바나나를 챙겨서 산마을로 돌아올 때,
차창 저 멀리 푸른 산과 흰 구름이 눈에 들어왔다. 산과 구름 아
래에서, 인간과 자동차가 열심히 움직이고 있었다. 산과 구름
아래에서, 죽거나 사라질 것들만 빠르고 활발하게 움직였다.

살아 있는 동안에만 존재하는 것들만 삶을 서둘렀다. 산은
죽는다고 생각되지 않는다. 구름은 흩어질망정 사라지지 않는
다. 친밀한 것들만 죽는 것 같다. 무심하게 보이는 것들은, 죽
지 않는 것 같다.

날씨가 지독히 덥고 햇살이 매우 강하다 보니, 마당에 아까
널어 둔 빨래가 금세 바짝 말라 있었다. 이 옷가지와 수건, 나
에게 친밀한 이것들도 언젠가는 나처럼 죽게 될 것이라는 생
각이 들었다.

그리움과 무상함

무작정 길을 나섰다가 삼거리에서 하동 쪽으로 방향을 틀었다. 애당초 계획하지는 않았다.

멀리 남해섬까지 갈까 하다가, 섬진강 하류에서 돌아오기로 생각을 정리했다. 이런 생각의 정리와 마음의 선택을 내 안에서 결정하는 그 무엇이 있다. 누구에게나 있다. 그것은 떠다니는 잡생각과는 거리가 멀다.

섬진강 하류에 접근하자, 3년 전 입적하신 연관스님의 유해를 산골한 그 장소가 떠올랐다. 이런 떠오름은 어디서 오는 것일까.

재첩 잡는 그물을 꽁무니에 달아 끄는 보트 몇 척과 재첩의 먹이를 실은 어선이 강 위쪽으로 달렸다. 선착장에서 도보로 조금 내려가면 스님이 사라진 그 장소였다.

차에서 내려 걸음을 옮길 때, 그늘에서 할머니 한 분이 혼자 핸드폰을 만지작거리고 있었다. 정자에는 두 남자가 드러누워 얘기를 나누었다. 저 앞 산책로에서는 점잖게 차려입은 노부부가 느리게 걸어갔다. 나도 천천히 터벅터벅 걸었다. 솔밭과 강과 산, 그 너머 파란 하늘과 흰 구름이 다 합쳐진 풍경 속에 내가 있었다.

얼마 가지 않아 스님이 떠난 장소가 나타났다. 거기서 잠시 머물러 스님을 떠올린 뒤, 소리 내어 염불하면서 발걸음을 돌렸다. 요즘처럼 마음이 심심할 때 스님이 계셨더라면 좋았을 거라는 아쉬움이 일어났다. 스님도 생전에 나를 만나면 좋아하셨다.

나는 아직 몸을 가졌고, 스님은 몸을 벗었다. 이제는 슬프다는 감정은 이미 녹았고, 다만 그리움으로 응축되어 있었다. 내 마음이 그렇게 느꼈다.

스님은 참 소탈한 분이었다. 소년 같았다. 권위 같은 것은 일체 내세우지 않았다. 스님을 만나면 그냥 이유 없이 편했다. 그분이 살아 계시다면 나의 지리산 일상도 더 풍요로울 텐데 무척 아쉽다. 빙긋이 웃던 그 얼굴이 떠오른다.

그러고 보니 지금 내가 한없이 그리워하는 사람은 세 사람이다. 부모님 그리고 스님.

그리움은 굳이 억누를 필요가 없다. 실컷 그립도록 놔두어야 한다. 그리움은 삭제가 불가능하다. 그리움은 곱씹을수록 우러난다. 점점 더 깊은 맛을 낸다. 그리움은 세월 따라 발효된다.

스님의 유해가 뿌려진 그 장소에 나는 오래 머물지 않았다. 내 가슴속에 이미 계신 분이기에, 장소는 그다지 중요하지 않았다.

어느 날 그곳에 또 찾아가기는 할 것이다. 하지만 그때도 오래 머물진 않을 것이다. 합장으로 족하다.

과거와 미래가 모이는 곳

결혼식장에 참석한 사람들은 둘로 나뉜다. 나이 들어 과거가 잔뜩 쌓여 있는 사람들, 그리고 젊어서 미래에 부풀어 있는 사람들.

내가 얼굴을 내민 그 결혼식장은 서울 남산에 있었다. 지리산에서 온 나는 아마 가장 먼 데서 온 하객이었으리라. 가까운 후배가 딸을 시집보내는 자리이자 사위를 맞아들이는 자리였다.

내가 앉은 곳은 왕년의 직장 고참 몇몇이 합석한 17번 테이블이었다. 오랜만에 만난 우리는 반갑게 인사를 나누었다.

"하나도 안 늙었네."

"흰머리가 늘었구먼."

"건강해 보이는군."

각자 절정의 시간을 지난 지 꽤 오래된 우리의 인사말 시제에는 과거가 진하게 배어 있었다.

우리 테이블에서 나는 두 번째 연장자였다. 최고참은 나보다 네 살 위 선배였다. 그는 여든을 향하고 있었다. 아까 했던 이야기를 잠시 후 또 했다. 늙어서 그렇다. 나도 가끔 저러겠지, 생각하니 거울을 들여다보는 느낌이 들었다.

결혼식 끄트머리에 신랑·신부의 친구들이 기념사진을 찍을 때, 상당히 많은 젊은이들이 우르르 무대에 섰다. 살아온 30년보다 살아갈 70년이 남아 있는 청년들이었다.

수백 명의 과거와 수십 명의 미래가 한자리에 있었다. 저 미래들이 과거를 돌아보는 날, 저 과거들은 아예 이 땅에 없을 것이다. 미래 또한 이미 예약된 과거일 뿐이다. 그러고 보면 결혼식장에 가는 일은 삶의 길이를 확인하는 일이기도 하다.

멀리 지리산에서 왔으니 식사는 꼭 하고 가라고 후배가 붙드는 바람에 꽤 오랜 시간 머물렀다. 매우 예외적인 일이었다. 평소 나는 결혼식장에 가면, 축하 인사와 축의금만 전하고 곧바로 빠져나온다. 길게 머물고 싶지 않다. 직장 시절에도 늘 그랬다.

나는 사람을 좋아하면서도 사람들이 많이 모인 곳은 별로 좋아하지 않는다. 결혼하는 당사자들과 혼주들에게는 미안한 얘기지만, 왠지 시간을 부질없이 허비하는 것 같다.

나 같은 사람에게는 역시 지리산처럼 한적한 곳이 어울린다.

하늘바라기

구례에서 130km 떨어진 나주의 천년고찰 불회사佛會寺에 다녀오는 길이었다. 처음 가 본 절이었다. 한번 가 보고 싶어서 불쑥 찾아갔다. 왕복 300km쯤 되는 거리였지만, 절에 머문 시간은 30분 정도였다.

절이든 결혼식장이든 스님의 산골散骨 장소든 발길을 금방 되돌리는 내가, 지리산에는 16년째 머물고 있으니 어찌된 일일까.

돌아오는 길에 들른 황전휴게소 너머의 저녁노을은 오늘따라 유난히 아름다웠다. 나는 잠시 감상에 빠졌다.

'하늘색이 어쩌면 저렇게 푸를까? 누가 저런 색깔을 입혔을까? 구름은 어쩌면 저렇게 하얄까? 구름이 햇살을 마셔 취한 듯한 저 발그레한 색조는 … .'

그냥 바라볼 뿐, 그냥 느낄 뿐이다.

돌이켜보면 대학 시절부터였다. 내 위에 저 높이 하늘이 언제나 있다는 걸 의식하기 시작한 것은. 도무지 잡히지도 보이지도 않는 불투명한 미래를 더듬거리며 가슴이 답답할 때마다, 나는 캠퍼스 잔디밭에 벌러덩 누워 하늘과 구름을 마냥 바라보곤 했다.

그러다가 지리산 등산에 점점 빠져든 30대 직장 시절부터 하늘은 나에게 더욱 가까이 다가왔다. 능선을 타고 하염없이 걸어갈 때, 고개를 쳐들면 하늘이었다. 고개를 숙이면 산이었고, 땅이었다.

그런 세월이 30년쯤 계속되었다. 이렇게 나는 하늘바라기, 구름바라기가 되었다. 하늘과 구름을 한참 바라보면 나도 모르게 언제나 마음이 가라앉고 평화로웠다.

하늘은 날마다 네 가지의 다른 맛을 내어 준다. 하루에 네 번을 색다르게 볼 수 있다.

새벽하늘, 낮하늘, 저녁하늘, 밤하늘.

하늘을 하루에 네 번씩 보면, 1년에 천 번은 족히 넘게 보는 것이다. 내가 앞으로 10년밖에 더 살지 못하더라도, 최소한 만 번쯤은 볼 수 있을 것이다.

오랜 세월 동안 수도 없이 쳐다보았지만 하늘은 보면 볼수록 도무지 알 수 없다. 구름을 보면 변화무쌍하다가도, 구름 없는 창공을 보면 변화를 초월한, 변하지 않는 그 무엇이 느껴진다. 변화무쌍과 불변이 한데 어우러져 있는 하늘이다.

왜 사람들은 몸은 땅나라에 묻히면서 영혼은 하늘나라에 간다고 생각하는 것일까?

하늘을 쳐다보면 오는 일도 가는 일도 없다는 생각이 든다. 하늘은 나에게 큰 화두다.

가을바람

어둠이 내린 호숫가에는 나 혼자뿐이었다.

맑은 밤하늘에 밝은 반달이 저 혼자 휘영청 걸려 있었다. 가로등과 달은 서로 닮은 노란빛을 나란히 뿜어내고 있었다.

호수 물 위에 달의 윤슬이 비길 데 없이 아름다운 보석으로 부서져 저쪽 끝 검은 숲 아래에서부터 내가 서 있는 곳까지 길게 뿌려졌다.

나는 달밤을 독차지했다. 마음은 그윽함으로 가득 차올랐다. 하지만 아무도 없는 고요한 달밤에 홀로 놓여 있다고 생각하니 왠지 모를 헛헛함이 스치고 지나갔다.

달빛이 쏟아져 내리는 풍경은 부드럽고 감촉 좋은 천처럼 나를 감쌌다. 눈을 감고 달밤을 천천히 깊이 들이마셨다.

그 순간 한 줄기 바람이 얼굴을 어루만지며 스쳐 지나갔다.

끈적한 습기가 전혀 없는, 상큼한 가을바람이었다.

'아아, 마침내 가을 냄새를 풍기는 이 바람을 쐬려고 그토록 무덥고 긴 여름을 지나왔던가.'

보금자리로 서둘러 돌아가는 검은 새 아홉 마리가 무리 지어 내 머리 위로 날아갔다. 나도 마을로 돌아가기 위해 차에 올랐다.

여름 결산

얼마 전까지 요란했던 매미 울음소리가 들리지 않는다. 지금은 밤새 귀뚜라미가 줄기차게 운다.

귀뚤귀뚤, 또르르, 싸르르···.

가는 여름과 오는 가을이 맞물린 지점에 들어선 모양이다. 천기天氣가 슬그머니 바뀌고 있다. 그렇다고 선뜻 가을이라고 하기엔 아직 후텁지근하고 끈적끈적하다.

한동안 반팔 차림으로 잠자리에 들었는데, 머리맡에서 밤새 몸을 식혀 주던 선풍기가 조금씩 뒤로 물러나고 있다. 간밤에는 자다가 새벽녘에 추워질까 싶어 긴팔 셔츠를 미리 챙겨 입고 잤다. 옷걸이에는 아직 여름옷이 걸려 있지만, 가을옷에도 슬슬 눈길이 간다. 두 계절이 맞물리는 틈바구니에서 일상의 소소한 것들이 조금씩 달라지고 있다.

아내와 나는 지나간 여름 석 달만큼 더 늙었을 것이다. 하지만 여름이 큰 탈 없이 지나간 것은 감사하다. 고마운 나의 자동차는 오늘도 대문 앞에서 나를 잘 기다리고 있다.

계절의 변화가 감지되지만, 나는 아직 살아 있다. 삶은 그냥 사는 일일 뿐, 버티는 일은 아닐 것이다. 오늘도 어디론가 갈 테지만, 사실 어디로 가는지 나도 잘 모른다. 나의 자동차도 나도 목적지가 없게 된 지 꽤 오래되었다.

이름난 어느 교수가 했던 말이 떠오른다.

"구 작가 책을 읽다 보니, 하고 싶은 일이 하나도 없다는 생각만 들더군요."

김훈 작가는 말년에 이르러서 《허송세월》이란 산문집을 냈다. 나와 그가 어딘가 비슷한 지점으로 접근 중이라는 예감이 든다. 글이 아니라 영혼의 방향을 말하는 것이다.

나이가 들면, 글 쓰는 사람이든 아니든 누구든 간에, 영혼이 어떤 기류를 향해 섞이는 것 같다. 그 기류 앞쪽에, 날아가는 철새들의 선두처럼, 마을 아랫집 어르신도 눈에 띄는 듯하다. 백 살 가까이 사시다가 얼마 전에 떠나신 나의 작은아버지도 아마 그 기류를 탔을 것이다.

나의 아버지와 어머니도 그 기류에 먼저 합류했을 것이다.

고개를 넘어서 마을로

무작정 가을을 찾아 나선 길이었다. 어쩌다 그 깊은 곳 산골 마을까지 발길이 닿았을까. 알 수 없는 인연이었다.

청학동으로 들어서는 하동 횡천 면 소재지를 지나, 진주 방면으로 가다가, 산청 쪽으로 꺾어 들자 잠시 후 마을 표지석이 눈에 띄었다.

표지석에는 '애치 장수마을'이라고 새겨져 있었다. '애치'는 쑥을 가리키는 '애艾'와 고개를 뜻하는 '치峙'를 합친 이름으로, 우리말로는 쑥고개다. 쑥고개 마을.

윤동주의 시구 그대로 내를 건너니 숲길이었다. 차가 지나다니는 오르막이었다. 농사용 물을 공급하는 높다란 콘크리트 수로 앞면에 '애치 벽화마을'이라고 적혀 있었다.

우연히 검색하다가 찾아낸 '벽화가 예쁜 마을'이라는 소개

문구가 나를 이 마을로 이끌었다. 하지만 찾아가는 길이 이토록 심심산곡으로 이어질 줄은 미처 몰랐다.

호젓한 숲길을 구불구불 올라가 마침내 고갯마루에 놓이는 순간, 나도 모르게 빙그레 미소를 지었다. 내 마음에 쏙 드는 풍경이었다.

마을은 움푹한 산기슭에 편안히 둘러싸여 있었다. 열댓 집이 옹기종기 모여 있었다. 첩첩산중이지만 햇살이 가득했다. 마을 전체가 순한 분위기를 풍겼다.

마을에 접근할 때, 가파른 비탈길을 조심스레 내려가야 했다. 드디어 마을이 바로 눈앞에 나타났을 무렵, 차량 통행에 지장을 주지 않기 위해 빈터에 미리 차를 세우고 내렸다.

한낮이라 아무도 없는 고샅길을, 나는 신발 끄는 소리가 날까 조심하면서, 걸음을 살금살금 옮겼다. 담벼락이 꽤 길고 높은 어느 집 앞을 지날 무렵, 검색할 때 눈여겨보았던 커다란 벽화가 눈에 확 띄었다.

"옳거니! 바로 이 그림이었어. 제대로 찾아왔구나."

그 순간 경운기 소리가 들렸다. 예순 안팎으로 보이는 농사꾼 부부였다. 나는 무턱대고 인사를 건넸다. 농사꾼 부부는 처음에는 경계하는 눈빛이었다가, 내가 웃으며 말을 붙이자 이내 표정을 부드럽게 풀었다.

집집마다 빠짐없이 소박하고 정겨운 벽화가 가지각색으로 그려져 있었다. 나는 깊은 산중 벽화미술관의 유일한 관람객이었다. 이렇게 총명한 소통 방식이 있다니. 마을 담벼락에 선한 마음으로 정성스레 붓질했을 그 사람들에게 고마움이 든다.

지리산에서는, 다니면 다닐수록 풍성해진다. 더구나 역마살이 유난스러운 내게는 거듭되는 축복이다. 무엇을 더 바랄까.

빌 게이츠의 오두막

가장 깊은 생각, 가장 폭넓은 생각, 가장 신선한 생각, 세상에 가장 선한 영향력을 미치는 생각 …. 이런 생각을 하는 사람이 눈에 띈다면, 그가 생각을 일으키는 방식과, 그의 생각이 탄생하는 공간이 궁금해지기 마련이다.

평범한 사람들이 그의 재산 규모를 따라잡는 일은 어차피 불가능하다. 돈을 벌어들이는 재능을 차치하더라도 그에게 배울 점이 있고, 그 모습이 흥미롭다면, 찬찬히 들여다볼 필요가 있다. 그의 보법步法, 즉 인생길을 걸어가는 방식과 그 차원이 남다르다면, 기꺼이 배워야 할 것이다.

세계 최고의 부자이면서 통 큰 기부로 모범이 된 빌 게이츠 Bill Gates는, 1년에 두 차례, 읽을 책을 가득 담은 보따리 하나만 챙겨서, 자신이 사들인 섬에 혼자 간다고 한다. 그가 머무는 곳은 법정스님의 오두막 내부와 비슷하다. 작은 창문 하나, 책상 하나, 의자 하나, 스탠드 하나, 침대 하나, 화장실, 그 외 문명의 도움이 하나도 없다.

이런 자발적 고립 상황에서 오로지 책을 읽고 생각을 추스르고, 또 읽고 사색하면서 일주일을 보내고 돌아오는 그의 이야기는 미디어를 통해 전 세계에 알려졌다.

지리산 아래 산마을, 두 평짜리 구들방에서 지내는 나는 빌 게이츠와 전혀 안면도 없고 인연도 닿지 않는다. 그럼에도 그가 먼 나라의 범접할 수 없는 사람이 아니라, 왠지 옆 마을 이웃처럼 친근하게 느껴지는 까닭은 무엇일까.

그의 마음속과 머릿속에서, 어떤 생각이 만들어지고 다듬어지는 과정은 눈여겨볼 만하다. 생각의 탄생과 소멸은, 재산의 많고 적음이나, 나이의 젊고 늙음, 성별의 차이와 아무런 관계없이 누구에게나, 매 순간마다 작동한다.

생각이란 그 사람이 놓인 공간이 간결할수록, 단순할수록, 훨씬 더 나은 쪽으로, 훨씬 더 바람직하게 향상되고 발전할 것이다. 그런데 생각이란 생각이 아닌 곳에서, 생각을 넘어선 곳에서 일어난다. 마치 영화관의 스크린처럼. 무슨 내용의 영화(생각들)가 상영되든지 스크린은 언제나 제자리에 있는 것과 같다.

시인 윤동주가 시냇물을 건너서 들어간 숲길, 고개를 넘어서 찾아간 마을 같은 곳에서라면 내면의 그 스크린이 모습을 드러내리라고 나는 믿는다.

지구 위 모든 인간에게는 똑같은 조건이 주어진다. 에고가 항상 작동하지만 에고를 벗어나는 길이 있다는 조건이다.

나는 여기까지만 귀띔해 줄 수 있다. 그 이상은 나도 모른다. 모른다는 점만 나는 알고 있다.

가을의 직접성

가을이 오면, 나는 무엇을 통해 가을을 알고 느끼는 것일까. 작년 가을은 이미 사라져 없고, 내년 가을은 미리 불러올 수 없다. 나에게는 올해 가을만 가을이다.

내가 가을을 느낄 때, 가을과 나 사이에 걸리적거리는 아무런 장애물이 없어야 가을을 온전하게 느낄 것이다. 돌이켜보면, 일흔두 번의 가을이 지나갔을 때, 나는 가을이 무슨 의미인지 깊이 알지 못했던 것 같다.

태어난 지 몇 달밖에 되지 않은 나의 손녀가 너무 어리다는 이유로, 가을이 그 아이를 비껴가진 않을 것이다. 가을은 나이와 형편, 언어와 상관없이 누구에게나 다가서는 그 무엇이다.

가을을, 여름 다음에 오는 것, 겨울 전에 오는 것이라고 하기엔 충분하지 않다.

가을을, 여름 내내 사용했던 선풍기가 멈춘 상태라든가, 새벽에 추위 이불을 끌어당겨 다시 잠을 청하는 모습이라든가, 밤새 귀뚜라미가 우는 상황, 음악이나 노래, 관절의 뻑뻑함, 또 하나의 허송세월이라 하기엔, 이 모든 것이 직접적이지 않다.

가을을 알고 싶다며 온갖 간접적인 것들을 끌어모아 보았자 헛일이다. 가을을 직접 느끼고 안다는 것이 나에게는 쉽지 않다. 가을과 나 사이에 잡동사니가 잔뜩 쌓여 가로막고 있다. 나는 가을을 직접 알지도 못한 채 갇혀 있는 것이다.

그래서 오늘은, 가을을 직접 마주할 수 있는 곳에 발길 닿는 대로 가 보려 한다. 구들방 안에서는 가을을 직접 만날 수 없다. 오늘 내가 마침내 가을을 형상이나 관념이 아닌 직감으로 만날 수 있을까. 내 머릿속에는 아직 진짜 가을이 없다.

벽시계를 쳐다보니 하나밖에 없는 손녀의 아빠, 즉 사위의 수술 시간이 한 시간 반 앞으로 다가와 있다. 사위의 수술을 하루 앞둔 어제, 잠시 올라갔던 서울에서 그냥 내려왔다. 내가 할 수 있는 일이 없었다.

가을날의 수술. 아직 앞길이 창창한 녀석이 누워 있는 병원과 수술실에, 특히 녀석에게도 수술칼이 아니라 가을이 직접적으로 생생하게 다가와 있기를.

가을 아래 온갖 인간사가 펼쳐지고 있다.

걸림 없이 만난 것

나의 생명력이 몸과 함께 살고 있으니, 내 몸이 감각하는 것을 통해 직접성이 확인된다.

호수에 갔다. 하늘엔 구름이 잔뜩 끼어 흐렸다. 빗방울이 조금씩 떨어졌다. 가끔 산들바람이 불었다. 하늘은 흐렸어도 대낮의 흐릿한 밝음은 있었다.

잠시 산책을 하고 싶었다. 접이식 우산을 챙겼으나 펴지 않은 채 걸었다. 우산을 펼치면 하늘과 나 사이에 걸림이 되니까.

호수에 가로놓인 다리를 느리게 걸었다. 건너편 나무 데크가 끝나는 곳까지 걸어갔다.

해는 보이지 않았으나 어디선가 뿜어낸 빛으로 나에게 직접 와 있었다. 희미한 나의 그림자가 나에게 빛이 직접 와 있다는 걸 증명했다.

빛은 조금 벌어진 나의 입과 귓구멍, 콧구멍을 통해, 그리고 목 언저리와 손목 언저리, 단추와 단추 사이 벌어진 틈을 통해 피부에 스며들었다. 그 빛이 몸 안의 어디까지 닿는지는 정확히 알 수 없었지만, 내 몸에 어떤 작용을 한다는 점은 분명했다.

그리고 하늘과 나 사이에 허공이 있었다. 허공도 직접적이었다. 나의 모든 윤곽에 아주 미세한 오차도 없이 허공이 맞닿아 있었다. 나의 몸이라는 물체는 허공 속에서 움직였다.

간접적으로 언어적으로 관념적으로 대낮이었지만, 직접적으로는 하늘과 해, 빛과 구름, 허공이 나와 맞닿아 있었다.

그 맞닿음은 머나먼 우주와 내가 맞닿아 있는 것이었다. 우주의 어떤 기운이 나를 직접 만나고 있는 것이었다. 이렇게 나는 나의 생명력을 확인했다.

바람이 불었다. 바람은 내가 바라보는 식물 생명체 나무와 잎사귀에 나처럼 직접 맞닿았다. 그것은 흔들림, 살랑거림으로 확인되었다.

바람도 걸림 없이 직접 나에게 왔다. 바람이 불 때, 나는 바람이 온통 감싸고 있는 몸과 그 안에 있는 의식이었다.

갇혀 있던 내가 풀려나고 확장되는 것을 느꼈다. 굳이 언어를 통하지 않아도 그 느낌은 분명했다.

이런 걸림 없는 직접성을 통해 내가 가닿은 그곳에서, 형편 없이 왜소해지지는 않을 것이라는, 퇴행하지는 않을 것이라는 믿음을 지니게 되었다.

　다음번에도 나는 직접성이 느껴지는 곳에 찾아갈 것이다. 이런 일은 앞으로 이 세상에서 숨 쉬는 동안 계속될 것이다.

달빛 놀이

밤 열 시가 되기 전 잠을 청했으나, 깊이 잠들지 못하고 한 시간쯤 뒤에 다시 일어났다.

머리가 그다지 무겁지는 않았다. 컴컴한 구들방 안에서 의자에 앉았다. 밤은 점점 깊어 가는데 일어났으니, 몸이 잠을 부를 때까지 뭔가를 해야 했다.

스탠드를 켜지 않은 채 잠시 우두커니 앉아 있었다. 그러다 한지를 바른 쪽문에 달빛이 나무 그림자와 잎사귀 그림자로 그려 놓은 수묵화를 발견했다. 하얗게 환한 부분은 달빛을 머금었고, 시커멓게 어두운 부분은 잎사귀 그림자였다. 유리창에도 달빛이 묻어 있었다.

달빛이 그린 그림은 그리 오래가지 않았다. 달이 하늘 위로 흘러가자 그림도 슬며시 사라졌다.

하늘과 달과 달빛은 사람이 잠든 이 밤중에도 자기 할 일을 하고 있었다. 나는 달빛이 또 놀러 오기를 바랐다.

심심해진 나는, 스탠드를 켜고 소설책 한 권을 펼쳐 읽어 나갔다. 자정을 넘기며 읽다 보니 몸이 슬슬 잠을 부르기 시작했다. 나는 다시 잠의 나라로 들어갔다.

가을비 내리는 날

비가 이틀째 실컷 쏟아진다. 낮 12시 반. 기온 19도. 가을비다. 비가 내리는 시골. 비를 담는 호수. 비에 젖은 마을길. 아무도 보이지 않고 나 혼자 가는 길.

아까 마을을 나설 때, 나와 처지가 비슷한 산비둘기 한 마리가 논 주위를 서성거리고 있었다.

집에 드나드는 길고양이는, 내가 마당 수돗가에 나타나자, 슬쩍 얼굴을 내밀어 나의 기색을 살폈다. 먹을 것을 좀 주길 바라는 눈치였다.

사료를 빗속에 내다 놓았다. 금방 불어터질 테니, 얼른 먹어 치우는 게 좋을 듯했다. 고양이도 그걸 아는지 잠시 후 사료를 한 톨도 남김없이 깡그리 먹어 치웠다.

비 내리는 호숫가의 널따란 주차장은 텅 비어 있었다. 나는 오늘도 어김없이 똑같은 자리에 주차했다. 오른편에 가로등, 왼편에 그리 높지 않은 나무 한 그루, 그 사이에 벤치. 저 멀리 은색 구름이 낮게 내려와 거무스름한 산허리를 둘러싼 풍경.

가로등 아래에는 어디선가 날아온 호박씨가 싹을 틔우고 여름 내내 잎을 키웠다. 큼지막한 호박잎 여러 개가 빗방울에 흔들거리며 싱싱한 자태를 드러내고 있었다.

가을비 내리는 지리산 아래 호숫가에서 나는 어느 책을 통해 러시아로 여행했다. 책을 읽는 동안에 나는 러시아에 있었다. 잠시 책을 덮고 쏟아붓는 가을비를 바라보자, 나는 다시 지리산에 돌아와 있었다. 가을비 내리는 지리산 호숫가에 덩그러니 혼자 놓여 있었다.

마을로 돌아올 때 늘 다니는 숲길을 택했다. 대체 이 길을 몇백 번이나 다녔을까. 이 길을 갈 때마다 나는 내 인생에 대해 생각한다.

이 길에는 무덤이 여러 개 있다. 세상을 마친 사람들의 안식처. 나는 이 무덤들을 보면 까닭 없이 편안해진다.

회진포 會鎭浦

산비탈 메밀꽃밭을 내려올 때, 외딴집 그늘에 앉아 쉬고 있던 노년의 집주인에게 인사를 건넸다. 그러자 주인은 앉은 채로 인사를 받지 않고 정중하게 일어나 답했다. 대문 바깥, 내가 서 있는 곳까지 직접 나와 응대하는 모습에 원만한 양반이라는 느낌이 들었다.

"어디서 오셨어요?"

"지리산에서 왔습니다."

"멀리서 오셨네요."

"초행길은 아닙니다. 이곳이 이청준 선생의 고향 맞지요?"

"그렇습니다."

"이 마을에 메밀꽃이 만개하면 참 아름답다던데, 조금 더 있어야 피어날 모양이죠?"

"다음 달에는 활짝 필 겁니다. 저기 피어나기 시작했네요."

"아, 그렇군요."

"사실 제가 이청준 선생과 직접 만났던 인연이 있는데요. 방송국에서 일하던 시절, 이청준 작가를 아동문학상 심사위원장으로 위촉한 인연으로, 식사를 모시고 약주도 나눌 기회가 있었지요. 마음씨가 참 어질고 고운 분이라는 인상을 받았습니다. 술도 어지간히 잘 드시고, 흥도 많으시고요."

"이런 바닷가에 사는 사람들은 술도 웬만큼 마시고, 마음씨도 넉넉한 편이죠."

그의 대답에 고향에 대한 자긍심이 묻어났다. 나는 그에게 책을 건네며 몇 마디 더 주고받았다.

"선생님은 여기가 고향이십니까?"

"네, 그렇습니다. 저는 40년 넘게 객지 생활을 하다 고향에 내려온 지 5년 되었습니다. 시골 생활을 하기 싫어 안 내려오려 했는데, 오히려 고향이 서울인 아내가 채근하는 바람에 내려왔습니다."

"부인께서는 만족하십니까?"

"아주 좋아합니다."

그는 칠 남매의 맏이라고 했다. 그러면서 사연 하나를 털어놓았다.

"제가 아버지 생전에 자가용이 생겨서, 타고 다니던 오토바이를 아버지께 드렸습니다. 아버지가 무척 좋아하시면서 그걸 몰고 다니다가 그만 사고로 세상을 뜨셨습니다. 쉰네 살 한창 젊은 나이였는데 … ."

"아이고, 괜히 자책감이 크셨겠네요. 저는 형제들을 여럿 떠나보냈습니다."

이 남자도 나처럼 아버지가 무척 그리운 모양이었다.

나는 왠지 쓸쓸해 보이는 그 사내와 작별인사를 나눈 뒤, 다시 지리산으로 차를 몰았다. 처음부터 고속도로를 타지 않고, 보성 쪽으로 이어진 국도로 갔다. 길에는 자동차가 드물었고, 풍경은 순했다.

날이 저물고 있었다. 오늘도 300km를 달렸다. 어느덧 짧은 하루가 부서지고 있었다.

동행

진주에서 오랜만에 반갑게 만난 테레사 수녀는 어머니의 마감이 가까운 것 같다는 이야기를 불쑥 꺼냈다. 자기 어머니와 같은 성당에서 봉사하는 후배 수녀가 죽음을 대하는 자세가 닮은꼴이라며 잔잔한 말투로 전했다.

아흔두 살의 어머니는 대장암 말기였다. 예순아홉 살 수녀는 담낭암과 간암 수술을 받았으나, 암이 다시 온몸에 퍼진 상태였다.

그런데 두 사람 모두 다가오는 죽음과, 언제 끝날지 모르는 목숨에 대해 전혀 당황하지 않았다. 오히려 담백하게 초월한 모습으로 살아가는 과정을 곁에서 지켜보면서, 많은 것을 깨우치고 배우게 됐다고 했다.

어머니는 의사와 자식들의 강한 권유에도 불구하고, 이 나이에 수술까지 해 가면서 목숨을 연장할 생각은 없다고 했다. 공연히 무모한 일을 벌이지 않고 편히 지내다가 마무리하고 싶다는 뜻을 자식들에게 밝히셨다는 것이다.

같은 성당에서 봉사하는 수녀는, 수술과 항암치료에도 불구하고 암이 전신에 재발하는 혹독한 상황에 놓여 있었다. 주위에서는 큰 충격을 받지 않을까 걱정했는데, 정작 본인은 "죽으면 죽으리라"는 농담까지 해 가며 성당의 고되고 힘겨운 온갖 일을 묵묵히 감당하고 있다고 했다.

나보다 나이가 많은 70대 중반의 테레사 수녀는, 몇 년 전부터 시력이 급격히 나빠져 한쪽 눈은 사실상 실명했고, 나머지 한쪽 눈도 물체의 윤곽만 흐릿하게 보인다고 털어놓았다.

시력이 무척 좋지 않음에도 불구하고 대구에서 진주까지 먼 거리를 직접 운전해 왔다는 말에 나는 깜짝 놀랐다. 애당초 나는 테레사 수녀가 근무하는 대구 성당으로 찾아가려 연락했다가, 진주에서 만나는 게 좋겠다는 답을 듣고 그곳에 무슨 중요한 볼일이 있는 모양이라고만 생각했었다.

그런데 뜻밖의 사연을 듣게 되었다. 생의 마감이 가까워진 어머니가 진주에 계셔서 하직 인사를 드리러 가는 길이었고, 또 과거에 돌보았던 어느 장애인이 젊은 나이에 세상을 떠나는 바람에 그의 가족을 만나 위로해야 할 일도 있었다. 이 두 가지 사정 때문에 나더러 진주로 오라고 했던 것이다.

그녀와 나는, 3년 전 입적하신 큰스님과 더불어, 종교를 초월한 '삼총사'로 가깝게 지내온 사이다. 큰스님이 다른 세계로 떠나신 이후 우리는 남은 '이총사'가 되어 가끔 얼굴을 보며 지내고 있다.

큰스님의 생명이 꺼져 갈 때도 문경 봉암사 암자에서 테레사 수녀와 나는 스님의 담담한 말씀을 함께 들었다. 그런데 이번에는 그녀가 어머니와 동료의 소식을 담담하게 들려준 것이다.

테레사 수녀는 시력이 좋지 않아 밤길 운전은 피해야 하기에, 해가 저물기 전에 대구로 돌아가야 한다고 했다. 짧은 만남 후에 작별인사를 나누어야 했다.

구례로 돌아올 때 하동 북천으로 이어진 국도를 택했다. 운전하는 내내 인생길의 덧없음이 또다시 가슴에 차올랐다. 구례가 가까워지면서 하동 포구를 지날 때, 공교롭게도 큰스님의 유해가 뿌려진 곳을 지나게 되어 마음이 다소 무거웠다.

바로 며칠 전 수녀와 교신할 때, 그녀가 보낸 메신저 편지를 통해 어머니께서 지난 연말에 세상을 떠나셨다는 부음을 뒤늦게 접했다. 어머니가 떠나니 슬프긴 해도 왠지 숙제를 마친 것처럼 개운한 마음이라고 적혀 있었다.

그리고 내가 종종 보내주는 지리산 풍경 사진들과 좋은 글 덕분에 자기 영혼이 풍성해지는 것 같다는 얘기도 덧붙여 있었다.

그녀와 나는 같은 70대의 동행자여서 시간이 흐를수록 주변에서 부음을 듣는 일이 부쩍 잦아졌다. 머지않아 나는 대구로 테레사 수녀를 찾아가게 될 것이다. 그때 뒤늦은 위로를 직접 전할 참이지만, 그녀는 평소의 밝은 성품 그대로 아무 일 없었다는 듯 나를 대할 것이다.

우리는 하늘이 허락하는 지점까지 계속 동행하면서 함께 늙어 갈 것이다. 나의 편한 말벗 중에는 스님들과 수녀님이 포함돼 있다. 한결같이 묵직하고 미더운 벗들이다.

병치레 끝에 깨닫다

비구니 스님과 반려견 해탈이는 그사이에 함께 늙어 있었다. 스님은 속세 나이로 환갑을 지나 60대에 들어섰고, 해탈이는 열세 살로 늙은 개가 되어 있었다.

스님은 내가 암자로 예고 없이 찾아간 자리에서 그간의 이야기를 털어놓았다. 불과 며칠 전까지 한 달 가까이 허리와 온몸이 아파서, 꼬부랑 할머니처럼 지팡이를 짚고 겨우 거동하느라 사는 게 아니었다고 했다.

스님이 며칠 전에야 지팡이를 내려놓고 조심조심 지내는 와중에 마침 내가 찾아온 것이었다.

평소 깔끔하게 삭발하여 단정했던 스님의 두상은, 병치레를 하느라 잠시 내버려두었는지 머리카락이 자라났다. 머리가 온통 하얀 백발로 덮여 은발의 비구니가 되어 있었다.

스님을 알고 지낸 지 어느새 세월이 한참 흘러 있었다. 스님에게서 여전한 모습은, 예나 지금이나 한 번도 삭신이 아프지 않은 적 없다는 점이었다. 남들에게는 내색하지 않았지만, 친숙한 내 앞에서는 "아이구, 아이구" 소리를 입에 달고 살았다.

예전과 달라진 점은, 우렁찼던 목소리가 낮게 가라앉았다는 것, 펄펄 넘치던 활달한 기운이 사그라들었다는 것이다. 어찌 보면 세월 따라 다듬어진 듯했고, 달리 보면 쇠약해진 듯했다.

나로서는 스님의 암자에 오래 머물지 않고 잠시 차 한잔 나누며 서로의 근황을 나눌 참이었다. 그런데 스님은 나의 방문 덕분에 휴식할 틈이 생겼다며 이야기보따리를 풀었다. 지난여름 이후 지금까지 고생고생하며 지내온 사정을 시시콜콜 소상하게 털어놓았다.

스님으로서는 누구에게도 차마 말하지 못하고 마음속 앙금처럼 가라앉아 있던 푸념을 모처럼 속 시원하게 내뱉고 싶었던 모양이다. 나는 스님의 이야기를 일단 잘 들어주는 게 좋겠다는 생각이 들었다. 가끔 맞장구도 쳤다.

스님이 속내를 드러내고, 속세에 사는 내가 그 속내를 경청했다. 누가 보면 처지가 뒤바뀐 것처럼 보였을 것이다. 그러나 우리 두 사람의 대화는 물 흐르듯 막힘없이 이어졌다.

스님은 이번에 긴 병치레를 하면서 많은 것을 깨달았다고 했다.

"내가 내 몸뚱이를 그동안 지나치게 혹사하며 살았구나, 앞으로는 조금 더 느슨하게 나를 챙기면서 살아야겠구나 하는 후회와 각성이 일어났어요."

"맞아요. 스님은 그동안 너무 심하게 날마다 제대로 쉬지도 않고 분주했지요. 그렇다고 제가 스님의 길에 다짜고짜 끼어들 수도 없었잖아요."

나는 이렇게 맞장구를 놓았다.

대화 도중에 스님은 5년쯤 뒤에 이곳을 전부 정리하고, 경기도에 사는 어머니와 형제들 곁으로 가서 여생을 보낼 작정이라고 속내를 밝혔다. 스님 생활을 접는다는 것은 아니었다. 다만 가족들 가까이 소박한 거처를 마련해, 신도를 상대하지 않고 혼자 조용히 수행하면서 늙어가고 싶다는 것이었다.

지리산에서 알게 된 스님이 지리산을 벗어난다니, 나에게는 다소 허전한 소식이었다. 그러나 그것은 내 관점일 뿐, 각자의 인생길은 누가 어찌할 도리가 없다는 걸 잘 알고 있었다.

그래서 나는 이렇게 부추겼다.

"참 잘 생각하셨네요. 그게 가장 합당한 방향 같네요. 스님! 그런데 앞으로 5년 뒤라면 제가 살아 있을지 그사이에 세상을 하직했을지 장담할 수 없네요, 허허허!"

나의 너스레에 스님은 빙그레 웃었다.

암자를 나서면서 스님과 함께 늙은 해탈이를 쓰다듬어 주었다. 그르렁 그르렁. 해탈이의 숨소리는 이전보다 거칠고 크게 들렸다. 예전에는 나의 자동차 소리만 들려도 컹컹 우렁차게 짖던 녀석이 오늘은 짖지도 않았다. 운전하여 산자락을 내려오면서 나의 심사는 잠시 무거웠다.

오늘은 절기상 한로寒露였다. 차가운 이슬이 맺히는 한로. 태어나자마자 죽음이 카운트다운 되고, 잠시 팔팔하다가 동작 느린 늙은이가 되며, 병을 건너뛰지 못하면 병치레를 해야 하고, 어느 날 드나드는 숨이 멈추면 그 자리에서 몸뚱이를 벗고 저세상으로 떠나야 한다.

인생길의 이치는 한로 이슬처럼 차갑다.

웃음의 철학자 전유성

고故 전유성 씨가 지리산에서 살았던 모습은 나에게 두 가지로 비쳤다. 하나는 세상을 향해 선한 영향력을 발휘하는 인생이었고, 다른 하나는 언제나 깊은 외로움 속에 지내는 사람의 모습이었다.

그는 딸과 사위가 남원 땅 지리산 둘레길 인월 코스 근처에 카페를 개업하기 훨씬 이전부터 지리산을 가끔 드나들었다. 나는 그때부터 그를 알게 되었다. 그는 큰스님과 각별한 사이였고, 스님의 소개로 우리도 인연을 맺게 되었다.

그와 나는 같은 시절 방송계에서 일했으나, 분야가 달라 직접 만날 기회는 없었다.

그가 세상을 떠나기 불과 며칠 전, 나는 그의 죽음이 그렇게 가까이 임박한 줄도 모른 채, 건강을 염려하면서 안부를 묻는 메시지를 주고받았다. 그것이 마지막 대화가 될 줄이야.

그는 세상을 떠나기 몇 달 전에 나를 반갑게 맞이하면서, 지구 반대편 남미에 장기 여행을 떠나고 싶다는 계획을 귀띔했었다. 하지만 건강이 허락하지 않았는지 그의 소망은 끝내 이루어지지 못했다.

그가 내 책을 들고 환하게 웃어 주었던 그날이, 그와 나 사이에 나눈 마지막 추억이 되고 말았다.

그는 '재미있게' 사는 것을 의미 있게 강조하는 사람이었다. 삶에 맛을 내는 조미료 같은 재미는, 그에게 철학이었고 화두였다. 살면서 살아갈 맛이 있기를 바라지 않는 사람이 어디 있으랴마는, 그의 머릿속에서는 재미난 일을 기발하게 궁리하는 에너지가 끊임없이 작동했다.

그는 겉보기에는 무뚝뚝하게 밑도 끝도 없이 불쑥 생각과 말을 투박한 접시에 내던지곤 했다. 그러나 그가 내뱉은 말을 나중에 곱씹어 보면 늘 색다른 맛이 우러났다.

그는 속정이 깊은 사람이었다. 가수 이동원 씨가 말기 암으로 힘겹고 외롭게 투병할 때, 그를 지리산으로 오게 하여 곁에서 함께 지냈다. 친구의 마지막 길을 챙겨 준 그의 모습은, 나에게는 퍽 인상적이었다.

외로움을 뼈저리게 느껴 본 사람은 외로운 상대방을 알아보는 법이다. 전유성 씨는 한 인간으로서 보통을 뛰어넘는 깊은 내공을 가진 사나이였다. 멋진 인생을 살다 간 사람이었다. 그는 깊은 외로움을 웃음과 재미로 승화시켰다.

세상을 위해 공헌한 셀럽들은 많지만, 웃으며 재미있게 사는 인생을 이토록 맛나게 이야기한 사람은 드물다. 심각함과 진지함도 그를 통과하면, 웃으면서 삶을 견디는, 살아가는 참맛이 되었다.

그는 세상을 떠나기 직전 자식들에게 본인의 유해가 묻힐 곳을 일러 주었다고 한다. 그다운 유언을 했으리라 짐작한다.

육신은 흙으로 돌아갔지만, 그가 남긴 웃음은 오래오래 기억되고 되살아나는 생명력을 발휘할 것이다.

천지가 쌀쌀하다

아직 동이 트지 않은 새벽 5시. 구들방에서 하루의 맨 처음 한 일치고는 스스로 생각해도 생뚱맞은 것 같아 혼자 피식 웃었다. 방 안이 추워 전기난로를 꺼내 놓은 것이다. 기온을 확인해 보니 10도였다.

나의 일상에 마침내 전기난로가 등장했다는 것은 하나의 사건이다. 이제 이 난로는 지금부터 내년 봄까지, 적어도 반년 이상을 봉사해야 할 것이다. 어느덧 뒷전으로 밀려난 선풍기를 치운 자리를 전기난로가 버젓이 차지했다.

나는 지금 가을이라기보다는 왠지 겨울에 더 다가선 것 같은 시간에 놓여 있다. 뉴스에서는 설악산에 첫눈이 내렸다고 알렸다.

전기난로를 전면에 배치하는 일과 더불어, 매우 중요한 일상의 변화가 또 하나 있다. 아궁이에 장작불을 피우는 일이다.

계절의 변곡점에서 이렇게 겨우살이 태세를 갖추고 나면, 물살 같은 한세월을 또 살아내야 한다. 사는 일이 자꾸만 무언가를 흘려보내는 일처럼 느껴지는 것은, 나만의 느낌은 아닐 것이다. 아내도 그럴 테고, 친구나 또래 지인들도 마찬가지일 것이다.

계절이 겨울로 바뀌어도 나의 일상은 결국 무엇을 하며 지낼 것인가로 압축된다. 다가온 겨울에 내가 할 일은, 마음이 번잡하지 않게 간결하게 살아가는 일이다. 몸 아프지 않게.

행복과 거리가 먼 곳

그곳은, 행복은커녕 남은 행복마저 모조리 말라비틀어진 쭉정이처럼 만들 곳이었다. 지낼 만한 곳이 아니었다.

병원 이름이 대단히 역설적이었다. 행복이라는 말을 그대로 사용하기가 멋쩍었는지, 영어로 바꾼 뒤 그 영어 발음을 다시 우리말로 적은 이름을 쓰고 있었다.

○○○○ 요양병원. 지리산에서 아침 식사를 마치자마자 광주를 향해 달려 도착한 곳이었다. 길가의 정문 출입구는 코로나를 핑계 삼아 아예 잠겨 있었다. 건물 안으로 들어가려면 빙돌아서 뒷문을 이용해야 했다.

1층 안내 데스크에는 안내자가 따로 없었다. 환자가 몇 층 몇 호실에 있는지 확인할 방법도 막막했다. 2층과 3층, 4층이 모두 입원실이었다.

환자를 보려면 2층부터 뒤져야 할 판이었다. 난감한 심정으로 엘리베이터를 타려는 순간, 운 좋게도 청소하는 아주머니를 맞닥뜨렸다.

조심스레 말을 건네자, 아주머니는 대뜸 누굴 찾는지 되물었다. 환자의 이름을 대자 "3층이에요"라며 자신 있는 표정으로 3층 버튼을 눌러 주었다.

3층 데스크에는 아무도 보이지 않았다. 입원실 입구에 붙어 있는 명패를 일일이 확인하며 찾아야 할 상황이었다. 다행히도 입원실은 몇 개 되지 않아서, 작은아버지의 이름을 어렵지 않게 찾아낼 수 있었다.

병실 입구에서 안쪽을 쳐다보니, 작은아버지가 보였다. 두 팔을 이불 밑에 얌전히 넣은 채 잠들어 계셨다. 병실에는 작은아버지 외에도 늙은 환자 세 명이 각자의 침대에 누워 있었다.

어깨와 팔을 살짝 만지며 가볍게 흔들어 보았지만 곤히 주무시는지 좀처럼 깨지 않았다. 귓전에 내 입을 가까이 대고 목소리를 낮추어 불렀다.

"작은아버지, 작은아버지 … ."

그래도 알아채지 못했다. 나는 입을 더 바짝 가까이 대며 귓속말을 했다.

"작은아버지, 영회가 왔어요, 영회!"

그 순간, 작은아버지가 눈을 번쩍 떴다. 나를 응시하더니 금방 알아보았다.

"어쩐 일이냐? 어떻게 왔냐?"

"그냥 들렀어요. 누님한테 입원 소식을 들었어요. 핸드폰은 누님이 보관하고 있던데요."

내가 핸드폰 얘기를 꺼내자, 작은아버지는 누님에게 전화를 걸어 핸드폰을 갖다달라고 말하라고 했다. 누님은 작은아버지의 외동딸이다. 작은아버지는 아들이 없고, 딸 하나만 두었다.

나는 즉시 누님에게 전화를 걸었다.

"누님, 나 영회인데, 지금 작은아버지 병실에 와 있어요."

"아이고, 고맙네. 연락도 없이."

누님은 깜짝 놀라면서도 반가움을 표시했다.

"작은아버지가 핸드폰을 찾으시는데 누님이 보관해야 할 사정이 있겠죠?"

"응, 처음엔 아버지가 핸드폰을 갖고 있었어. 그런데 종일 핸드폰만 들여다보고, 남들이 자는 한밤중에 1시인지 2시인지, 시간도 모르고 주변에 전화를 걸어대는 거야. 안 되겠다 싶어 내가 보관하기로 했지."

"알겠어요, 사정이 이해되네요."

내가 이렇게 말하자 누님은 답답한 심경을 털어놓았다.

"아버지한테 가끔 가긴 하는데, 그때마다 내 마음이 영 찝찝해. 가기 전부터 가슴이 벌렁벌렁하고, 가서 뵈어도 상황이 답답하기 짝이 없고, 나도 괴로워 죽을 지경이여. 아버지가 병원에 못 있겠다고, 여관으로 옮겨 달라고 성화를 부리고."

1920년대에 태어나 백 살을 향해 가는 작은아버지는 혼자 임대아파트에 사셨다. 그러나 최근 건강이 많이 무너지는 바람에, 누님으로서는 어쩔 수 없이 요양병원으로 모신 것이다.

작은아버지는 안색이 그런대로 말끔해 보였고, 대화도 어느 정도 가능했다. 그러나 가끔 가물가물 의식의 귀퉁이가 무너지는 증세를 보인다고 했다.

"여기 병원에 잘 계시다 보면, 언젠가 집에 돌아가실 날이 오겠지요."

나는 위안의 말을 건네면서도, 속으로는 이게 작은아버지 인생의 마지막 모습일지 모른다고 생각하니, 가슴이 무너져 내리고 찡했다.

오늘은 첫서리가 내린다는 절기, 상강霜降이었다. 비록 백년 가까이 오래 살더라도, 인생의 끝자락은 결국 육신의 죽음일 수밖에 없다는 철칙은, 된서리보다 더 차갑고 날카로웠다.

"작은아버지, 이거 복숭아 통조림인데요, 달달해서 자시기 편할 거 같아 몇 개 사왔어요. 식사는 입맛이 없더라도 조금씩 잘 챙겨 드세요. 핸드폰이 없으니 심심하시겠지만, 그 대신에 정신을 잘 가누셔서 옛날 좋았던 일들을 떠올려 보세요."

병원을 나섰다. 마음은 울적했다. 구례 땅에 들어서니 해가 뉘엿뉘엿 지고 있었다. 집으로 곧장 가지 않고, 평소 즐겨 찾는 계곡으로 향했다. 맑은 시냇물이 큰소리를 내며 흐르고, 널찍한 바위가 있어 편히 쉴 수 있는 곳이다.

아무도 없었다. 나 혼자뿐이었다. 시냇물 소리가 가장 가깝게 들리고 물에 손발을 담글 수 있는 너럭바위에 털썩 앉았다. 사방은 고요했지만 물소리는 쏴아, 콸콸 요란했다. 하지만 그 시끄러움은 귀만 자극할 뿐, 마음을 어지럽히지는 않았다. 마음은 오히려 고요해졌다.

양말을 벗고 신발도 벗었다. 뭔가 후련했다. 발을 물에 담그지는 않았다. 산바람이 두 발을 어루만지며 스쳤다. 하늘을 쳐다보니 구름 언저리가 붉게 물들고 있었다. 나의 하루가 저물고 있었다.

작은아버지를 뵈러 갔던 일이 어느새 꿈결처럼 느껴졌다. 빠른 속도로 흘러내리는 물살에, 오늘 하루가 함께 한순간에 떠내려갔다. 금세 어두컴컴했다. 하지만 나는 이곳에 가만히 놓여 있는 게 좋았다. 한참을 그렇게 있었다.

구들방에 돌아와 이부자리 밑에 손을 넣으니, 장작불 기운이 아직 식지 않아 따스했다. 여기가 나의 가장 편안한 자리였다.

작은아버지는 요양병원 병실에서 사람대접을 제대로 받지 못하는데, 나는 작은아버지보다 몸 상태가 아직 성한 덕분에, 여기서 사람다운 상태를 누리고 있다. 민망했으나 다행스러웠다. 다행스러웠으나 민망했다.

잠시 생각에 젖어 있던 순간에, 큰딸이 메시지를 보내왔다. 사진 한 컷이었는데, 처음엔 전송이 잘못된 줄 알았다. 아무것도 보이지 않고 그냥 시커먼 사진이었다.

손가락으로 가만히 사진을 키워 들여다보았다. 밤하늘이었다. 별들이 무수히 반짝이고 있었다.

잠시 후 딸아이가 한마디 덧붙였다.

"아빠, 양평만 와도 밤하늘이 이렇게 다르네요."

딸은 짧은 반차 휴가를 주말에 얹어 캠핑하러 왔다고 했다. 자동차 여행을 자주 다니는 아버지를 닮아서일까. 나의 성향이 대물림된 듯했다.

"잘 충전하고 오너라."

나는 딸에게 밤 인사를 전했다.

병실에 누운 조상, 늙어 가는 조카, 중년의 딸 …. 삼대의 인생길에서 또 하루가 막을 내리고 있었다.

인연의 놀라운 작용

잠시 상경한 틈에 혼자서 강남 양재천에서 강북 청계천까지, 무작정 종일 걷기로 마음먹고 집을 나섰다.

햇살이 좋았다. 걷거나 자전거를 타는 사람이 많지 않아 신경 쓰지 않아도 되어 편했다. 한강을 사이에 두고 남쪽에서 북쪽으로 하염없이 걸으면 그만이었다. 느리게 걸었다. 걷다가 마음 가는 대로 주저앉아 쉬었다.

서울에서 지내는 청둥오리와 비둘기, 까치와 참새에게 인사를 건넸다. 나는 지리산에서 왔다고.

세 시간쯤 지났을까. 탄천 자동차 면허시험장이 보였다. 목이 말랐다. 물병 하나쯤 챙겼어야 했는데 엉성한 산책이었다. 물이나 음료를 마시려면 이 길을 벗어나 건물들이 늘어서고 자동차가 다니는 저 위쪽으로 올라가야 했다. 카페와 베이커리, 식당이 있는 곳으로 걸음을 옮겼다.

다시 강변으로 내려가려고 카페 출입구를 나선 순간이었다. 카페 앞 거리를 지나가던 젊은 여자가, 소스라치게 놀라며 비명을 질렀다. 눈을 휘둥그레 뜨면서, 얼어붙은 듯 멈춰 서서 나를 쳐다보았다.

"아니, 이게 누구야! 너, 은샘이 아니냐? 이럴 수가! 여기서 너를 마주치다니!"

"선생님, 여기 저의 어머니와 제 동생이에요."

은샘은 볼일이 있어서 서울에 잠시 왔다고 했다. 연극배우인 그녀는 구례에서 살아 보려고 내려온 귀농자였다. 나와 가까운 후배의 농장에서 일하며 농장 바로 옆에 거처를 마련하여 지내는 터라, 자연스럽게 친숙해진 사이였다.

이 친구를 무려 천만 명이 다니는 서울의 길거리에서, 그것도 내가 목이 말라 강 위쪽으로 커피숍을 찾아 올라간 바람에, 맞닥뜨린 것이다. 그러니 서로 놀랄 수밖에.

몇 해 전에도 비슷한 일이 있었다. 서울 청계천 철물 상가로 향하던 다리 위에서 남원에 사는 후배를 마주친 적이 있었다. 그때도 서로 놀라며 기막힌 일이라 여겼는데, 그런 일이 또 벌어진 것이었다.

인연이 강한 사람끼리는 좋은 인연이든 꺼리는 인연이든 언젠가 반드시 만나게 되는 듯하다. 두 차례의 경험으로 나는 그 사실을 각별하게 되새겼다. 누구를 만나든, 싫든 좋든 간에 가급적 원만한 모양새로 마무리해 두는 것이 현명한 처신이라는 것도 더불어 명심하게 되었다.

'원수는 외나무다리에서 만난다'는 속담은 그냥 의미 없이 생겨난 말이 아닐 것이다. 인연이란 정말 묘하고 미리 알 길이 없다. 세상만사가 인연의 작용이다.

상직이의 꿈

잊을 수 없는 배우, 따라잡기 힘든 내공의 연기자, 이순재 선생이 흙으로 돌아가던 날이었다. 상직과 나는 구례 장터 어느 국밥집에 마주 앉아 있었다.

"형님, 비도 오고 날씨도 궂으니까 따끈한 국밥이 생각나네요."

"그래? 너 지금 어딘데?"

"지금 순천 대안학교 연극지도 중인데, 5시 반쯤 마칩니다."

"옳지, 잘됐다. 그러면 구례 장터의 맛있는 그 국밥집에서 6시 반에 만나자."

나는 조금 먼저 도착해 국밥집 골목길에서 상직을 기다렸다. 겨울을 재촉하는 밤비가 오락가락 쏟아지고 있었다. 골목을 휩쓸고 지나가는 바람도 만만치 않았다.

"형님, 어제는 이 식당에서 다음 달 무대에 올리는 연극 기획회의를 했는데, 오늘은 형님하고 같이 있네요. 하하."

상직은 나하고 비슷한 시기에 구례에 내려와 같은 마을에서 알게 된 연극인이다. 국립극장 주연배우였고, 영화 〈와이키키 브라더스〉에도 출연했다.

식사 후 음료수를 한잔 마실 때 그는 자기의 소박한 소망에 대해 진지하게 설명했다.

"형님, 제가 꿈을 하나 간직하고 있는데요. 전국의 작은 시골 중에서도 유일하게 구례에서 평범한 귀농·귀촌자들이 각자 빠듯하게 생계를 꾸리면서도 직접 배우가 되어 무대에 오르는 생활연극의 싹이 자라난 것에 보람을 느낍니다. 구례가 우리나라에서도 아주 작은 시골이잖아요. 이곳의 생활연극인들과 함께, 연극이라곤 평생 구경도 못 해본 이탈리아의 시골 농촌이나 어촌에 가서, 관객이 몇 명 되지 않더라도 한국인의 연극을 보여 주고 싶습니다. 이게 제 꿈입니다. 하하하."

"야아! 역시 상직이 너는 뭔가 시야가 독특하고 수준이 달라. 그 꿈 꺾지 말고 잘 이루는 날이 오기를 바란다. 내가 살아 있을 때 지켜볼 수 있다면 정말 좋겠구나."

"형님, 제가 평생 연극을 하면서 느낀 건데요. 우리나라 연극계는 타고난 재능이 있는 소수 엘리트에게 의존해 지탱해

온 엘리트주의를 수십 년째 벗어나지 못하고 있어요. K-연극, K-문화가 정말로 오래가길 바란다면, 전국 방방곡곡에서 평범한 생활인들이 우후죽순처럼 직접 연극배우가 되어 동참하는, 그런 일이 벌어져야 합니다."

상직의 연극관과 그의 꿈은 참으로 신선했다. 세상에서 가장 멋진 일도, 가장 고약한 일도 결국 마음속에 품은 생각 하나가 출발점이 되어 벌어지기에 그의 말에 공감이 갔다.

상직이 연극 불모지였던 구례에 처음으로 뿌린 씨앗은, 지금은 정기 공연까지 할 정도로 결실을 맺었다. 그는 경제력이 빈약하고 인구 소멸이 우려되는 작은 농촌 구례에서 박수를 받을 만한 공로자다.

그의 모습은 우리나라 지방자치가 다양한 요소로 이루어질 필요가 있다는 점을 일깨워 주는 좋은 사례다.

첫눈 내린 날 떠나다

빈소를 나설 때 첫눈이 흩날렸다.

"누님, 추운데 따라 나오지 마세요. 작은아버님 가시는 길을 잘 모시길 바랍니다."

외동딸 사촌 누님의 아버지이자 나의 작은아버지는, 해를 넘기지 못하고 첫눈 속에 떠나셨다. 요양병원에서 마지막 시간을 보냈던 작은아버지.

아흔여덟 살. 기나긴 인생길이었다. 3·1독립만세운동 직후 세상에 태어나, 일제강점기를 거쳐 해방 이후 2025년까지, 격동의 현대사와 맞물려 살아온 그의 삶은 처연하면서도 존경스러웠다.

고인의 영정 옆에는, 경의를 표하는 대통령의 조기가 세워졌다. 그의 죽음에 마지막 품격이 갖추어졌다.

부음을 듣자마자 지리산에서 광주로 달려가 첫 번째 문상객이 되었다. 작은아버지는 오래전 상배喪配하여 홀로 지내셨다. 집안 어른 중에 마지막으로 남아 계시던 분이었다.

작은아버지는 아버지와 말년의 얼굴이 너무도 비슷했다. 그 얼굴에서 아버지의 흔적을 읽으려고, 명절 때마다 빼놓지 않고 찾아뵙곤 했다.

이제는 명절이 오더라도 인사드릴 어른이 아무도 남아 있지 않다고 생각하니 가슴이 허전하고 먹먹했다. 바로 윗대 어른들이 다 떠나셨으니, 그다음은 나의 차례였다.

문상을 마치고 돌아오는 밤길 고속도로는 순창까지 눈발이 날렸다. 떠난 사람은 흙으로 돌아가고, 살아 있는 사람은 지리산 자락 거처로 돌아가기 위해 길을 달리고 있었다.

문상 나서기 직전에 장작불을 피워 놓은 덕분에, 구들방은 온기가 배어 있었다. 죽은 사람은 차가운 영안실에서 추울 테지만, 산 사람은 추위를 막아 보려고 몸을 덥히고 있다.

이튿날 아침 첫 숟가락을 뜰 때, 내가 차린 밥상 위에 아침 햇살이 비쳤다. 아직 살아 있는 나는 삶을 지탱하기 위해 음식을 삼켰다.

그때 선배로부터 메시지가 왔다. 만화가 그려져 있다.

"'삶'이라는 글자를 풀어 보니 '사람'이 되고, '사람'이라는 글자를 합쳐 보니 '삶'이 된다"는 풀이가 모서리에 적혀 있었다.

'사람다운 삶을 살아야겠구나. 삶을 제대로 사는 사람이 되어야겠구나.'

가슴속에 오랜 세월 품어온 질문이 더욱 단단하게 응축되었다.

히말라야 왕궁에서 왕자 고타마 싯다르타는, 아버지에게 궁을 떠나겠다고 말했다. 그는 마침내 숲으로 갔다. 충직한 시종이자 오랜 친구인 고빈다가 숲에서 그를 기다리고 있었다.

"자네가 왔군."

고빈다가 말했다.

"그래, 내가 왔네."

싯다르타가 대답했다.

그로부터 6년 뒤, 싯다르타는 깨달음을 성취한 석가모니가 되었다.

인생은 외길이다. 다른 길은 없다. 당신과 나는 눈을 뜨기 위해 지금 이 순간 여기에 있다.

지리산 인생길의 여덟 번째 사색

강 건너에는

구영회(전 삼척 MBC 사장)

강물처럼 흐르는 인생과 강 건너 세계에 대한 맑은 사색을 담았다. 작가
와 주변인들의 다채로운 삶의 풍경뿐 아니라 모든 인간이 마주하는 커
다란 인생의 흐름에 대한 깊은 사유를 전한다. 하루하루 일상에서의 성
찰은 강 건너 피안의 세계에 대한 묵직한 깨달음으로 이어진다.

신국판 변형·올컬러 | 276면 | 18,000원

지리산 인생길의 일곱 번째 사색

살면서 가장
아름다운 자리

구영회(전 삼척MBC 사장)

험난한 인생에서 가장 평화로운 자리는 어디일까? 이 책은 우리의 소중
한 일상을 되찾아 순조로운 인생길을 걷는 지혜를 전한다. 작가는 광활
한 대자연이 펼쳐진 지리산으로 독자들을 초대하여 각자 자신의 아름
다운 자리를 찾아 내면의 평화를 이루도록 이끌어 준다.

46판·양장본·올컬러 | 264면 | 16,500원

지리산 인생길의 여섯 번째 사색

가장 큰 기적
별일 없는 하루

구영회 (전 삼척MBC 사장)

기나긴 코로나의 터널 속에서 지친 영혼들에게 용기와 희망의 메시지를 전하며, 평범한 하루 속에서 기적과 같은 평화와 행복을 찾는 여정을 담았다. 작가의 기분 좋은 여행길을 따라가다 보면 우리가 무심히 흘려보낸 보통의 날들이 얼마나 소중한지, 깨닫게 된다.

46판·양장본·올컬러 | 240면 | 14,800원

다섯 번째 지리산 명상

가끔은 고독할
필요가 있다

구영회 (전 삼척MBC 사장)

어지러운 도시의 리듬에 지친 현대인에게 가장 고요한 곳, 지리산에서 발견한 고독의 미학을 담담하고 섬세한 문체로 전한다. 숲 나무들 틈새로 내리꽂는 한줄기 햇살, 돌 벤치에 앉아 가만히 눈을 감을 때 느껴지는 부드러운 바람. 마음의 평화는 '고독'이란 나룻배를 타고 혼자 노를 저어갈 때 슬며시 건네지는 최상의 선물이다.

46판·양장본·올컬러 | 252면 | 14,800원